傷痕

老犬シリーズⅠ

北方謙三

集英社文庫

傷痕

老犬シリーズⅠ

第一章

1

息。

闇の中で聞えるのは、それだけだった。

自分の息なのか幸太のものなのかも定かではない息に、じっと耳を傾けることで、良《よし》文《ぶみ》は押し潰されそうになる気持をなんとか支え続けていた。

遠くで、男の声がした。カストリでも飲んで酔っているような声だ。太いその声が、闇の底に響き、良文の胸にも躰《からだ》にも響いた。かすかな幸太の身動《みじろ》ぎの気配が伝わってくる。自分を抑えるように、良文は幸太の肩に手をのばした。

男の声は、遠ざかっていった。

「酔っ払いなんかに、びくつくんじゃねえぞ、良《よし》」

びくついてはいなかった。いるはずがない。幸太の無神経さで、すべてを失敗に終らせたくないだけだ。良文は頭を掻《か》きむしった。シラミが髪の間で暴れ回っている。

「こんなのは、度胸だよ。それさえ決めてりゃ、大人だろうが子供だろうが、案山子《かかし》みてえなもんじゃねえか」

「喋《しゃべ》るな、幸太」

「わかってる。だけどな、度胸を決めりゃ、突っ走るだけしかねえぞ」

なにがどこにあるのか、頭には入れていた。それを確かめるためだけに、四日も外食券一枚で働いたのだ。それでも、防空壕《ぼうくうごう》には近づけなかった。焼けた家の始末をし、針金を張った柵をこしらえただけだ。そうやって働いている少年たちは、ほかに五人いた。そのうちの三人は、外食券ではなく、ようやく一日分の腹を満たす芋を貰《もら》う方を選んだ。子供を使うのは、大人の半分以下の金で済むためと、子供でもできないことはない、簡単な仕事だったからだろう。おかしな気を起こすのも、大抵は大人だ。

良文は、闇の中をしばらく這《は》った。十メートルは進んだ、と思った。幸太も、並んで進んできている。防空壕まで、あと三十メートルというところだ。そこまで行くためには、良文や幸太が、一日水団《すいとん》一杯分の金で造った、針金の柵がある。

「もうすぐ、柵じゃねえか、良」

幸太が耳もとで囁《ささや》いた。闇の中では、距離はひどく測りにくく、昼間目印だと思ったものもほとんど見えはしなかった。頭が痒《かゆ》い。いまいましいほどだ。

このあたりはまだ、ほとんど掘立小屋も建っていなくて、焼けた時のままだった。それが闇に溶けこんでしまっている。月も星もないから、なおさらだった。

一度ですべてがうまくいくと、良文は考えてはいなかった。そんなに甘くはないはずだ。幸太は一度でケリをつけようと思っている。いつもそうだ。じっくり調べるなどということは、幸太の頭の中にはない。度胸を決めてしまうと、それで突っ走るだけだ。

さらに十メートルほど進んだ。柵にはまだぶつからない。永久にぶつからないのではないかという気がしてくる。幸太は闇の中に手をのばして探っているようだ。

夕方は、雨が降り出しそうな天気だった。いまも空は曇ったままなのだろうか。

「突っこむぜ、俺ゃ」

「やめろ。なんのために、針金がはずしやすい場所を苦労して作ったと思ってる」

「ねえよ、あんなもん。夜にははずしちまってんだ」

「なぜ？」

「知るか、そんなこたあ。これだけ進んでもねえんじゃ、そう思うしかねえよ」

それでも、幸太は立って走ろうとはせず、良文と一緒に這いながら進んだ。さらに十メートルほど進んだと思った時、ようやく柵にぶつかった。

「行くぜ」

幸太が言った。柵の針金に手をかけたようだ。闇の底で、金属の触れ合う音がした。

とっさに、良文はのばしかかった手をひっこめた。それからさきの行動は、無意識だった。地面を手で探り、拳より大きな石を摑《つか》むと、闇の中に抛《ほう》った。赤い光が、闇の中を走った。肚《はら》の底まで響く音がしたのは、そのあとだったような気がした。

良文は走っていた。幸太も走っているはずだ。なにかに躓《つまず》いて二度ほど転んだが、十分以上走り続けた。

誰も追ってきてはいないようだ。崩れかかった建物の蔭《かげ》に飛びこみ、乱れた呼吸を整えた。闇の中でも走る方向はちゃんと計算していたらしく、孔雀《くじやくじよう》城の近くだった。

転んで打った膝頭から、血が滲《にじ》み出しているようだった。ズボンをまくりあげ、良文は傷に唇をつけてしばらく吸った。それから舐《な》め続ける。口の中に血の味も拡《ひろ》がらなかったから、大した怪我《けが》ではないのだろう。

幸太は、孔雀城に戻っていた。

「すぐにここに戻るな、と言っただろう」

「冗談じゃねえや。ずっと遠回りして、何度も道を変えて、やっと戻ってみりゃ、おまえはいねえ。おまえ、要心深すぎんだよ。だからなんにでも時間がかかんだ」

幸太が心配していたらしいことは、口調でわかった。良文はロウソクを点《つ》け、石の囲いの中に隠した乾パンを四つ出した。ロウソクはすぐに消した。もうだいぶ短くなってしまっているのだ。

「たまげたな。ありゃ進駐軍のコルトだぜ。闇の中で赤い火を噴きやがんの」

ボリボリと乾パンを噛《か》み砕く音と一緒に、幸太の声がした。確かに拳銃だった。闇の中で金属が触れ合うような音がした。あれは、遊底を引いた音だ。佐丸一家の若い衆が、進駐軍のコルトを持っていて、新橋の闇市の近くで一度そうやって撃つのを見たことがある。拳銃だと思ったから、あの時石を投げたのだろうか。弾は、石が落ちた方向に飛んでいったような気がする。

「もうちょっとで、懐中電灯で照らされちまうところだったたな」

「そうだ。危《やば》かった」

答えたが、良文は懐中電灯の光には気づかなかった。闇の中を、一目散に突っ走っただけだ。

乾パンを齧《かじ》った。よく噛み砕き、さらに長い時間口に入れていると、ちょっとだけ甘い味がする。それから少しずつ呑《の》みこむのだ。乾パンは、孔雀城の石の囲いに、かなりためこんであった。ほかに食料と言えるものはない。一日働いて、ようやく水団か雑炊にありつける。それが一食で、もう一食が乾パン二個と決めていた。

いつもは朝食べる乾パンを、夜食べてしまった。腹が減ったまま、明日は仕事にいかなければならない。二人とも頭を掻きむしっていた。シラミは夜も眠ってくれない。

「あそこの防空壕は、やっぱり隠匿物資の隠し場所だぜ。でなけりゃ、コルト持ったやつが夜に見張ってるなんてことはねえよ」

「俺も、それを考えてた」

「洋モクの山かもしれねえし、缶詰の山かもしれねえ」

「食料だ。缶詰はあるかもしれないけどな」

「なんでわかる」

「大谷の親父《おやじ》の弟だかなんだかが、陸軍の糧秣本廠《りょうまつほんしょう》にいたんだよ。大谷がそう言ってた。本土決戦に備えて、倉庫の中は食料で一杯だったんだ。それをトラックで運び出した。ウイスキーとか酒もあったんだ」

「おまえ、はじめからそれ知ってたのか？」

「いや、今夜あそこに行って、コルトの弾ぶっ放されて、やっとほんとらしいってことがわかった」

「きたねえ話だよな。みんな食い物を奪い合ってるってのによ」

「得してるやつがいることは、闇市見てりゃわかるだろう。馬鹿馬鹿しくなるくらい、得してるやつがいる」

二個の乾パンは、いつの間にか口の中に消えた。それは口の中で消えてしまったという感じで、腹まで満ちたりはしないのだった。

「大谷の野郎、俺たちみてえに痩せてねえもんな。三度、めしを食ってやがんだぜ。それも銀しゃりかなんかをよ」

幸太は喋り続けていたが、良文はもう横になっていた。六月に入ると、やっと服を着ただけで眠れるようになった。冬の間は、焚火《たきび》をしなければとても眠ることができず、春になっても、拾い集めてきた布や藁《わら》を躰に被《かぶ》せなければ眠れなかった。

本郷に家はあったが、そこは焼けていて、親父もまだ復員してはいない。おふくろは、戦争が終る前に死んだ。時々、本郷まで歩いて帰ってみる。近所では、小屋を建てて生活しはじめているところもあったが、いつまで経《た》っても親父は戻らなかった。戦死の知らせは入っていないが、死んだのだ、と良文は思っていた。

幸太の親父は死んでいた。それはもう二年も前のことで、だから幸太は待つ必要などないのだ。

「羊羹《ようかん》なんかもあるかもしれねえな。陸軍に羊羹を納めてたってやつの家を、俺は知ってんだ。砂糖だってあるぜ」

「自分で食おうなんて思うなよ」

「まだ手に入れちゃいねえ。考えるだけなら、勝手じゃねえか」

一時的に食料を手に入れて飢えを凌《しの》いだところで、なくなればまた飢える。手に入れた食料で、しばらくは安心して食っていける方法を見つけたいのだ。そうしなければ、盗みしかなかった。何度かそれはやったが、いつまでも続くものとも思えない。運ってやつがあった。いままではそうだった。

いつの間にか、眠っていた。

孔雀城は、窓ではなく天井から光が射《さ》しこんでくる。半地下の、物置のようにして使われていた場所だろう。小さな工場の跡で、本体は焼け崩れてしまっていた。住宅街からも闇市からも遠く、昼間もあまり人はやってこない。

幸太の腰を蹴り、良文は身を起こした。

「危《やべ》えよ。どう考えたって危え」

寝返りを打ちながら幸太が言う。すでに眼《め》を醒《さま》していて、ずっと考えこんでいたようだ。

「行った方がいい」

「やつら、俺たちだって気がついたかもしれねえぜ。警察に突き出したりゃできねえだろうが、半殺しにゃされる」

「真面目に働こうとしてる俺たちがか？」

「気がついてねえ、と思ってるのか？」

「ここで行かなきゃ、俺たちだって教えるようなもんだ。騙《だま》し合いだろう。まず、そいつに勝たなくちゃな」

「あそこに通ってた方が、逆に怪しまれねえってことか？」

「次にやる時は、もっと確実な線が狙える。そう思わないか。いま時、隠匿物資なんてそう簡単に見つかりはしないんだぜ。俺たちは、あれを見逃がしちゃならないんだ。運を見逃がすようなもんさ」

「おかしなとこで、度胸を据えやがんだな、良は」

「怕《こわ》いか？」

「いや。いいよ、やろうじゃねえか」

跳ね起きた。

近くの川へ行って、顔と躰を洗う。良文は、服を三組持っていて、マメに洗濯もする。汚れている自分は嫌いだった。幸太は、なにも言わなければ、冬着ていたものさえも、脱ごうとしないだろう。

「行こうか、幸太」

いつもの乾パンは抜きだった。一日腹を減らしたまま働き、夕方、闇市で雑炊にありつける。

「急がなきゃならないな」

「慌てんなよ。どうせ、貰える金は決まってんだしよ。隠匿物資をごっそり持ってるにしちゃ、ケチなやつらだな」

「忘れたか、働かせて貰えるのを感謝しろって言われたの？」

「けっ、ふざけんな」

「態度だよ。態度で感謝してりゃいいんだ」

歩くと、一時間近くかかる。それを、昨夜は十分か十五分で走ってきたような気がする。その気になれば、体力はあるのだ。

2

柵のところに、四人立っていた。

ひとりは大谷の親父で、もうひとりは兄貴だった。あとの二人は知らないが、あまり人相はよくなかった。

良文は、大谷の親父に頭を下げて挨拶した。幸太も同じようにしている。

「おまえら、きのうの晩はどこにいた?」

いきなり、兄貴の方が訊《き》いてきた。良文は、じっと兄貴の方へ眼をやった。訊かれていることの意味がよくわからない、という表情になっているはずだ。幸太がどういう顔をしているのか、見る余裕はなかった。

「どこにいたかって、訊いてんだ」

「闇市で雑炊食って、それからねぐらに帰りましたけど」

はじめて、幸太の方を見た。幸太はじっとうつむいて、破れかかった自分のズック靴を見ている。嘘《うそ》をついたり、白《しら》を切ったりというのはできない男だ。きのうの晩はここへ来ましたと、態度で言っているようなものだった。

「申しわけありませんでした」

良文は、大谷の親父と兄貴にむかって、うなだれて言った。二人の気配が堅くなるのが、はっきりと感じられた。

「でも、騒ぎ起こしたの、俺たちじゃありません。俺たちはただ、横で見てただけです」

「それで？」

「ピースの箱が、四つばかり転がってたんで、それを拾いました。あとは、走って逃げただけです」

「なんで、それを言う？」

親父の声だ。この親父はいつも、オート三輪でやってきては、働いている者に当たり散らし、ブツブツとひとり言を呟《つぶや》きながらまた走り去っていく。

「警察の人の前では、嘘はつかない方がいいと思って。ピース四つなら、働いて返せないこともないし」

ピースは、今年のはじめに発売された新しい煙草《タバコ》で、ひとりひと箱しか買えないということになっていた。ひと箱七円で、四箱で二十八円である。

「働いて、返せるのか？」

「そうするつもりです」

「わかった。それじゃ俺が立て替えてやるから、今日はただで働け」

なにか言おうとした幸太が、言葉を呑みこむのがわかった。見知らぬ二人が、警察の人間などであるはずがなかった。

「ピース四つか。それをいくらで売った」

「ひとつ三円」

「ありゃ、日曜祭日しか売出さねえんだぞ。十円で売ってもよかったぐらいだ」

「俺たち、腹が減ってたし」

「まあ、いい」

言って大谷の親父は声をあげて笑った。犬を追うように追っ払われ、良文たちは作業に入った。柵の中の土地を片付け、家が建てられるようにするのが仕事だった。大谷の家は別のところにある。ここは店になるのだろう。

「なんで、あんなこと言いやがったんだよ。ただ働きで、どうやってめし食えってんだ」

石の板を起こしながら、幸太が呟くように言った。

「俺たちはドジで、せいぜい転がったピースを拾うぐらいだと、あいつらには思いこませておけた。それでいい。あの二人が警察のやつじゃないことぐらいは、俺もわかってる」

「きたねえよな。立て替えてやるなんて科白《せりふ》、どこから出てきやがんだ」

「我慢しようぜ、幸太。いまは、腹を立てたってなんの得にもならないんだ」

「わかってるけどよ、腹が減ってぶっ倒れちまいそうだ」

ほかの五人の少年も、やってきて働きはじめていた。ひとりずつ、大谷の親父に呼ばれて、昨夜どこにいたか訊かれたようだ。

昼休みの間、幸太は平らな石の上に仰むけに寝そべっていた。良文は、柵からあまり離れないようにして歩き回り、防空壕の様子をそれとなく探った。

見知らぬ二人の男と、大谷の兄貴。その三人が、防空壕から離れようとせず、近づくことはできなかった。三人とも、銀しゃりの弁当を食っている。夜は、その三人が交代で見張っているに違いない。

どうすれば、三人を防空壕から離すことができるのか、思いつきはしなかった。

「人が弁当食ってんの見て、面白いのかよ、良。それも銀しゃりの弁当をよ」

「おまえだって見たんだろう」

良文は、幸太のそばに腰を降ろした。朝から水ばかり飲んでいるので、腹のあたりがタプタプと音をたてる。空は曇っていた。それだけが救いのようなものだ。晴れて陽《ひ》が照りつけていれば、もっと躰の消耗は激しい。

「どんづまりじゃねえかよ、良。今日一日我慢すりゃ、雑炊が食えるってわけじゃねえぞ。明日一日働いて、やっとありつけるんだ。なにか考えろよ。いままで、おまえがいろいろ考えて、切り抜けてきた。だから俺は信用して、我慢しようって気になってんだ」

「考えちゃいるさ」

考えることはすべて、食べ物をどうやって手に入れるかについてだった。

疎開していた栃木では、農家の子供と渡りをつけた。といっても食料を運ばせたわけでなく、芋がどこに貯蔵してあるか訊き出したのだ。三つ四つと、わからないように盗み出した。出かけていくのは昼間で、農家では友だちになった子供と、爺《じい》さんが留守番をしているだけだった。納屋の中に深い穴が掘ってあり、その底に芋が蓄えられていた。穴の底に降りるためには梯子《はしご》を使わなければならず、それはいつも爺さんのそばにあって、とても納屋までは運べなかった。細い紐《ひも》のさきに五寸釘《ごすんくぎ》をつけ、それを打ちこんだ。釘に刺さった芋を、魚を釣るようにして引きあげるのである。盗んだ芋を隠す場所も、三カ所に分けた。

疎開している間、一日芋ひとつの割りで、ほかの子供より多く食べることができた。助け合おうなどという気は、起きなかった。仲間がひとり、いれば充分だった。幸太は、仲間としてうってつけの相手だったのだ。臆病でない代りに、多少無謀だという欠点はあったが、口は堅かった。一度、焼いた芋に食らいついているところを教師に見つかり、問い詰められたが、貰ったとしか言わなかった。一日食事抜きの罰を食らっても、言わなかった。

すべての食物を平等に分けるという疎開の生活は、良文には合わなかった。良文のところには、親から送られてくるものもなく、いつも施しを受けているようなものだったのだ。それは、幸太も同じだった。

戦争が終り、東京に戻ると、良文は母方の叔父に引き取られた。ほかに、身寄りと呼べるようなものはなかったのだ。三カ月で、そこを飛び出した。食べ物を与えられる時、ひとり減ればいくらかは多くなるのに、と叔父も叔母も従弟《いとこ》たちも、口癖のように言ったのだ。別に恨みはしなかった。自分の手で稼いで食った方が楽だ、と思っただけだ。

ひと月ほど、盗みをやって食っていた。闇市で、いきなり突っ走ってかっぱらうというやり方でなく、隙を見てそっと服の中に盗んだものを忍ばせるというやり方だった。盗みをやる少年がみんな突っ走っていれば、ゆっくり歩くことだ。そんな知恵は、いつの間にか身につけた。

浮浪児狩りに捕まって、品川台場の収容施設に入れられたのは、今年の一月だった。そこで、幸太と再会した。

幸太は二度脱走して、二度ともすぐに捕まり、ひどい体罰を受けた。殴られることより、みんなに与えられる食物を、与えられないことの方がつらかったようだ。自分の分の食物を、良文は幸太に半分やった。疎開で、ただひとりの仲間として生きてきた相手だったからだ。あの時のことを、幸太はいまもひどく恩に着ている。

施設の生活など、思い出したくもなかった。脱走しては捕まり、動けなくなるまで体罰を加えられる者が続出した。食べ物は少なく、それも時々途絶え、陰湿な奪い合いがしばしば起きた。夜は躰を寄せ合って眠るしかなく、暖かい季節になれば、脱走を防止するために全員素っ裸にするという噂《うわさ》が流れていた。事実、いまは素っ裸にされているのだと、脱走してきた連中が言っていた。その連中も、ほとんどまた捕まっていった。

良文と幸太は、いつも二人でしっかりと組むことによって、食べ物の奪い合いからお互いを守った。そうしながら、脱走の機を窺《うかが》った。脱走そのものは、難しくなかった。監視は少ないし、施設の建物には破れるところがいくつもあった。しかし、脱走した者のほとんどは、すぐにまた捕まってくる。脱走したあと、どうやれば逃げおおせていられるか、ということを毎日考えた。

脱走したのは、二月に入ったある夜だった。脱走の経験のある者からいろんな逃げ道を訊き出していて、どうやって逃げるかは決めていた。

最初に手に入れたのは、食べ物ではなく、服だった。浮浪児狩りは、身なりの汚ないものを狙っているとしか思えなかったからだ。焼け残った住宅のある方へ行き、自分たちと似たような躰つきの少年を、ひとりずつ二回に分けて襲い、着ているものを交換した。それだけで身ぎれいになり、とても浮浪児には見えないだろうと思えた。奪った服には、住所と名前を書いた、白い布の縫いとりまであったのだ。

闇市の周辺をうろつく時間はできるだけ少なくし、ねぐらも、あまり人が来ない場所を選んだ。服装には、いまも気を配っている。

「誰か、金でも落としてねえかな、ちくしょう」

金があれば、確かにめしは食える。闇市では、焼いた肉まで売っているのだ。

しかし金だけがすべてではない。闇市を見てみれば、よくわかる。去年は一円で買えたものが、いまは二円でも買えなくなっている。要するに、金など当てにはならないのだ。せいぜい二、三日分の金さえ持っていればいい。

物の方が、大事だった。金は価値が下がっても、物はあがるばかりだ。だから大谷の親父も、防空壕の中の物を、一度で売り払ってしまおうとはしていない。

午後の仕事がはじまった。

ちょっと手を抜くと、すぐに大谷の兄貴の罵声が飛んでくる。大谷が一度、親父のオート三輪に乗ってやってきたが、良文たちに声をかけようともしなかった。

この仕事につけたのは、疎開で一緒だった大谷と偶然会ったからだ。散々恩に着せられたが、やってみると舌打ちしたくなるほどひどい仕事だった。

「野郎、俺たちのこと、完全に無視してやがるな。お偉いさんになったと思ってやがんだ。俺たちとは、身分が違うんだってよ」

「あまり見るなよ」

「ドブにでも叩《たた》きこんでやりてえよ。親父が汚ねえ金持ってりゃ、偉いってのかよ」

「よせ。兄貴の方に聞えるぞ」

オート三輪は、すぐに姿を消した。

それから夕方まで、足もとをフラつかせながら働いた。重い石を持ちあげなければならないので、柵を造る時よりもずっと疲れた。石でできた建物が、多分ここにはあったに違いない。

「ほんのちょっとは期待してたけど、やっぱりやつら外食券を寄越《よこ》さなかったな」

完全なただ働きだった。ただで働けと言われた時点で、良文は幸太のような期待はしていなかった。もともと、大谷の親父や兄貴や、大谷でさえも、自分たちを人間扱いにしてはいない。こちらができる腹癒せといえばやめてしまうことくらいで、それは連中にとっては痛くも痒くもないのだ。

「歩くのもつれえって、はじめてじゃねえか？」

「言うだけ、つらくなるぞ」

「言わせろ。せめて言ってなきゃ、たまんねえじゃねえかよ」

一時間半近くかけて、ようやくねぐらに辿《たど》り着いた。陽は長くなって、まだ外は薄闇だったが、ねぐらの中はもう暗かった。

乾パンを二つずつ出し、時間をかけて嚙んだ。それだけではどうしても足りず、さらに二つ食べた。明日の朝、もう二つ食べるとすると、三日分が消えるということになる。蓄えは、七日分しかなかった。

「闇市でかっぱらいってのが、一番いいような気がするがな」

「言うなよ、もう。男らしくないぜ」

かっぱらいはやめる、と二人で話合って決めた。収容施設を脱走した時だ。狩りこみで放りこまれてくる浮浪児は、大抵かっぱらいの常習だった。

できるだけ仕事を見つける。それをきちんとやるのが、利巧というものだった。しかし、そんなに仕事があるわけもない。この間までやっていたのは、買出し屋の荷物運びだった。その買出し屋は、別のことで警察に捕まった。仕事がなくなって途方に暮れている時に、大谷に会っていまの仕事を世話されたのだ。

「ひとつ、気がついたことがあるよ」

「聞きたくねえな。寝るぜ、俺ゃ」

大谷の家は、人数が少ない。親父と兄貴と大谷と、知らない男が二人。男はそれで全部だ。夜は、二人か三人、防空壕のそばにいるだけだろう。

それをひとりに減らせば、なんとかできるかもしれない。

「背に腹はかえられねえって、親父がよく言ってたが、こういう時のことを指してんじゃねえかな」

「かっぱらいは、最後の手段だ。施設に逆戻りするかどうかってのは、最後の手段をどこまで我慢できるかってことにあると思う」

「わかってるさ、おまえの言ってる意味は。だけど惨めだよな」

眼を閉じた。

生きるだけだ、と思う。親父を待とうという気持も、あまりなくなっている。ただ生きるだけだ。

闇の中で、幸太の寝息が聞えてきた。しばらくそれに聞き入っている間に、良文も眠っていた。

3

ほかの五人の少年のうち、三人が来なかった。

きのうから、仕事が激しくなったからだろう。やってきた二人も、きのうと同じでは働けない、と言っている。

煽《あお》り立てそうな幸太を抑え、良文は黙って成行を見守っていた。

大谷の兄貴が、大きな声を出して怒鳴りつけている。それでも、学徒動員ではないのだ。無理に働かせることはできない。結局折れて、外食券二枚ということで話が落ち着いた。

「俺たちもですね」

「おまえらは、今日もなしだ。ピースの分を、まだ働いちゃいねえ」

「死にますよ、俺ら」

「死にたきゃ死ぬさ。やめるってんなら、すぐに警察を呼ぶぞ」

幸太が、突っかかりそうになった。大谷の兄貴は十八で、もう大人と変らない躰をしている。やれば負けるとわかっていても、やってしまうのが幸太の喧嘩《けんか》だった。

「いいですよ、呼んでください」

「ほう、お縄になってもいいってのか」

「ただ働きするより、留置場に放りこまれた方がましだもんな。あそこで飢え死にしたやつは、いないって話だし」

良文が言いはじめると、残りの二人も働くのが二人だけならいやだ、と言った。

「どいつもこいつも、人の足もと見やがって」

もともと安く働かせすぎているのだ。思ったが、言いはしなかった。じっと、大谷の兄貴の反応を窺った。

「わかった。おまえらにも、同じだけ払ってやる」

投げ出すような言い方だった。

やはり急いでいる。この土地に、早く建物を建てようとしている。そして建物が建った時、防空壕の中のものは移されるに違いなかった。

仕事をはじめた。

やはり、石をどける仕事だった。大谷の兄貴の罵声は、いつもより大きい。朝、六個の乾パンを食ってきた。多少は躰に元気が出ている。適当に躰を動かした。

防空壕の入口。南京錠《ナンキンじょう》が二つかかっている。破るのは難しそうだ。ただ木の扉だから、火をつければ燃えるかもしれない。

仕事を続けながら、防空壕の入口の様子を何度も確かめた。鍵は、大谷の兄貴が持っているはずだ。中に入るところを、一度見たことがある。

夕方までに、かなりの石をどけた。

良文と幸太には、外食券は一枚しか手渡されなかった。

「話が違うじゃないですか」

「計算すると、こうなんだよ。二枚分の外食券で、おまえらの弁償は終りだ」

「親父さんは、きのう一日ただ働きでいい、と言ってましたよ」

「親父は親父さ。ここは、俺が全部決めることになってる」

「納得できねえな」

幸太が口を開いた。とうとう我慢しきれなくなったのだろう。良文は、幸太の腕を押さえた。

「だいたい、悪どすぎると思わねえのかよ」

「田代。でかい口利くじゃねえかよ」

良文は、幸太の腕を摑んだ手に力を籠めた。こちらの気持が、伝わったようだ。幸太は、うつむいて唇を嚙みしめている。

「そうだよ。大人しくこっちの言うことを聞いてりゃ、めしは食えるんだ。こっちにゃ、浮浪児狩りに引き渡すって手もあるんだからな。おまえらがそうだってことは、忠雄の話からでも、見当がついてんだ。収容所を抜けてきたんだろうが、おまえら」

良文もうつむいた。浮浪児狩りに引き渡したところで、こいつらがなんの得をするわけでもない。それでも、こっちの弱味を摑んでいる気ではいるだろう。

「行こう」

良文は幸太を促した。

すぐに、外食券を使おうという気にはならなかった。ねぐらとは反対の方角に歩いていく。

「どうすんだよ、良？」

「付いてこいよ。きのうの晩、決めたことをやる」

「決めたって、なにを？」

「おまえは、聞こうとせずに寝ちまったよ」

「なにか、やらかそうってんだな」

「だから、我慢してたのさ。どこかで、リヤカーを一台かっぱらう。眼をつけとけよ。その前に、ひと仕事だ」

防空壕のある土地から、大谷の家まで歩いて四、五十分というところだった。本郷の、良文の家があったところも、それほど遠くない。すでに焼跡にはバラックが建てられているが、大谷の家はバラックとは思えないほど立派だった。

防空壕のある土地には大きな食堂があったらしく、それは大谷の親父が経営していた店だが、つい最近まで良文も幸太もそのことを知らなかった。食堂は、戦争が激しくなると閉められてしまったらしい。大谷の親父は、またあそこに食堂を建てようとしているのだろうか。

「大谷の家に、男が四、五人押しかけて、乱暴している、と言うんだ」

「誰に？」

「おまわりにさ」

「なんで？」

「説明してる暇はない。とにかく、そう言う。いいか、走るぞ。おまえは、頷《うなず》いてるだけでいい」

良文は走りはじめた。このあたりの地理は、ほぼ頭に入っている。一番近い駐在所がどこかも、知っている。幸太は、付いてきていた。駐在所が見えた。駐在所もバラックだ。警官は、疎開する前はサーベルをジャラつかせて歩いていたが、いつの間にか腰のものは拳銃になった。

警官の姿が見えた。良文は、ひどく息を切らせて、警官をつかまえ、まくしたてた。幸太が頷いている。

「早く行って、止めてくださいよ、とにかく」

それだけ言うと、警官の制止を振りきって、良文はまた走りはじめた。警官は追ってはこなかった。

眼をつけていたリヤカーのところまで行き、隙を見て曳《ひ》き出した。十分ほど、リヤカーを曳いたまま突っ走る。途中で何人にも会ったが、なにも載せていないリヤカーは、別に関心も惹《ひ》かなかった。

焼跡の中にリヤカーを隠し、良文はようやく腰を降ろした。

「リヤカーは食えねえぞ」

幸太が息を切らせながら言う。進駐軍のジープが通りかかったので、二人で手を振った。白いMPのヘルメットを被った、二人の兵隊が乗っていた。

「もう一遍戻るぜ。大谷の家の近所にさ」

「おまわりに見つかったら、どうする」

「そこは運さ。これは最後まで、運があるかどうかなんだ。俺たちの運を賭ける。ひもじい思いをいつまでも続けたくないから、そうするんだ。運がなけりゃ、施設へ戻りゃいいだけの話さ」

「おまえは、おかしなとこでいつも度胸を決めるよな」

「俺とおまえの、度胸の決め場所が違う。だからいいんだ」

「そうかもしれねえって気はする」

「大谷の家の近所で、噂をバラ撒《ま》くぞ。隠匿物資の徴発に行った警官が、金を貰って引き退《さ》がったと言うんだ。ついでに、羊羹や缶詰も貰ったことにしていい。俺とおまえで、別々にその噂をバラ撒く。そして、ここで落ち合うんだ。説明は、その時にするよ」

すでに、薄暗くなりはじめていた。

良文と幸太は、薄闇の中へ出、五分ほど黙って歩くと、二つに分れた。

良文は焚火を見つけた。あまり近くには寄らなかった。下手をすると、金を払えと言われるのだ。ただ、焚火のところに人は集まってくる。

「ちくしょう、あるところにゃ食い物が山ほどあるんだな」

焚火を見ている、同じ年頃の少年をつかまえて、良文は言った。

「大谷食堂の家に、隠匿物資を徴発に行った警官が、金を握らされて引き退がったよ。いくら握らされたのか、知らないけどね」

「ほんとかよ、おまえ」

「羊羹や缶詰も貰ったらしい。見たってやつがいるんだから、確かだろう」

「隠匿物資って」

「陸軍の、糧秣本廠から、どさくさに紛れて運び出したもんらしい。家の中は、食い物だらけだって話だよ」

「だけどな、おまえ」

「俺は、見たってやつから聞いただけだよ」

言い捨てて、良文は歩きはじめた。

すでに暗くなっていた。大谷の家に、隠匿物資があるぞ。徴発に行った警官が買収されたぞ。しばらく、叫びながら走った。

それから違う道筋を戻った。

「大谷の家に、隠匿物資があるって？」

擦れ違った二人の男に訊いた。

「噂が流れてるな、そんな」

「ちくしょう、あの親父、オート三輪なんか乗り回して、なんで景気がいいんだろうと思ってたが」

それだけ言うと、良文は走りはじめた。

リヤカーを隠した焼跡のところに、幸太はさきに戻ってきていた。もしかすると、なにも言えなかったのかもしれない。暴れるのは得意だが、こんなことは苦手なはずだ。

「ひとりだけには、言ったよ」

並んで腰を降ろすと、ポツリと幸太が洩《も》らした。

「上出来さ、ひとりで。噂はもう流れはじめてる。これがもっと広まれば、腹を減らした連中が、大谷の家に押しかけるかもしれない。それでどうなると思う?」

幸太は答えなかった。靴のさきで、炭のようになった木片を蹴る音がするだけだ。

「人が押し寄せる。下手をすると、大谷の家に踏みこみかねない」

「それが、おまえの腹癒せかよ」

「ただの腹癒せで、わざわざこんなことをすると思うか。険悪な雰囲気になりゃ、家を守る人間が要るだろう。うまくすりゃ、防空壕のとこにいる見張りが、呼ばれるかもしれないぜ」

「そうか」

「とにかく、外食券が一枚ある。こいつで雑炊でもかっこんで、防空壕を見張ろうぜ」

腰をあげ、リヤカーを焼跡から曳き出した。

浅草が近くなると、人の数が多くなった。ほとんど焼けて、地平線まで見通せそうな廃墟《はいきょ》が拡がっていたのに、いつの間にか家が建ち並んでいる。

「生きていけるよな」

リヤカーを曳きながら、幸太がポツリと言う。

「十三歳だよ、俺たち。もうちょっと早く生まれてりゃ、戦争で死んだかもしれねえ。遅く生まれてりゃ、ひとりじゃどうにもならねえガキだ。中途半端さ。大谷の兄貴なんかとむかい合うと、そう思う。だけど、中途半端でも生きちゃいけるよな」

「死ぬの、怕いか、幸太？」

「わからねえ。腹が減って、そのまま死んじまうのだけは、ごめんだって気がする」

「俺もだ」

「姉貴は、パンパンやってる。そんなにまでして生きたいか、と思ったこともあるよ。だけど、こう腹が減った日が続きゃ、パンパンやっていい生活しようってのも、わかるような気がしてきた」

「家へ帰ったのか、おまえ」

「この間、ちょっと様子を見に行った。おふくろは、親父が戦死したってのを、まだ信じてねえ。待ってんだよ。やりきれねえよ。俺の顔見て、親父の名前呼ぶんだからよ」

なにも言わないが、姉貴の負担を軽くしようと思って、幸太は家を飛び出したのかもしれない。施設では、めずらしい話でもなかった。親に置き去りにされてしまった、という十歳にならない少年もいたのだ。

「生きなきゃな、幸太。俺たちゃ、二人合わせると二十六だ。立派な大人だぜ」

幸太は頷いているようだった。

浅草の明りが近づいてきた。大抵のところには、もう電気が戻りはじめている。闇市のかっぱらいで食う時代ではなくなっているのだ。といって、なにをやればいいのかもわからない。

わかっているのは、生きなければならないことだけだ。

4

闇の中で、じっとうずくまっていた。

防空壕は、五十メートルほどさきにある。この間のような失敗は、ないはずだ。石をどける作業の間、闇の中でもわかるように、いくつか印の石を残してきた。それを辿れば、防空壕のすぐそばまではいける。

時々、人の声が聞えた。防空壕の中に明りをつけないのは、浮浪児の巣と警官に思われたら困るからだろう。

どの程度の広さの防空壕かも、良文には見当がついていなかった。四、五人しか入れない防空壕もあれば、四、五十人が入れるものもある。すべてがうまくいって防空壕に入れたとしても、想像したものがあるかどうかもわからないのだ。

運に賭けた。幸太に言った通り、最後まで運に賭けるしかない。

幸太の、かすかな息遣い。風が吹いている。強い風ではないが、時々やけに大きなもの音が聞えたりする。トタンが触れ合ったり、紙屑《かみくず》が吹き寄せられたりしているのだ。

戦争のあと、人がすぐに戻ってきてバラックを建てた場所と、いつまでも戻ってこない場所が、なぜあるのかよくわからなかった。この周辺には、一軒のバラックもない。家を建てるのは、大谷の親父が最初ということになりそうだった。

すでに、一時間以上闇の中にうずくまっていた。一度、小便をする音が風に乗って聞えてきただけで、三人が減る気配はない。

闇の中に、赤い火がぽっとともった。風の中でも炎があがっているところを見ると、進駐軍のジッポだろう。あんな恰好《かっこう》のいいライターは、日本にはなかった。煙草の赤い点がしばらく見えていたが、防空壕の中に消えていく。夜は、錠を開けて中で見張っているようだ。

幸太は、野球のバットくらいの棒を握りしめていた。良文が握っているのは、二尺ほどの鉄の棒だ。握りやすいように、根もとのところに荒縄を巻いて太くしてある。それでも、コルトにかないはしない。

さらに一時間近く待った。

さすがに、幸太も突っこもうとは言い出さなかった。じっとうずくまって、棒を握りしめている。息遣いと風の音が入り混じる。

「やつらの人数が、減らなかったら、俺たちの運がなかったってことか？」

「そうだ」

「やつらをおびき出す手は、ねえかな」

「ちょっとだけ、防空壕から出すんじゃ駄目だ。ずっと遠くに離さなきゃな」

「俺ゃ、おまえといる時、いつも運がよかったような気がする。疎開先でだって、毎日ほかのやつらより芋をひとつ多く食ってたしな。あれだけは、誰にも遠慮せずに食えるものだった。施設を脱走した時も、おまえと一緒だったんで、捕まらなかった」

「信じようぜ、運がいいってな」

ポツポツと雨が落ちはじめている。ひどい雨にはならないだろう。この二、三日、降りそうで降らない天気が続いたのだ。雨に濡《ぬ》れると、頭のシラミが騒ぎはじめた。

遠くから明りが近づいてきた。焼野原では、かなり遠くまで見通すことができて、その光は防空壕にむかっているように思えた。

「オート三輪じゃねえな」

「待てよ。自転車じゃないかな、あれは」

光の近づき方は速かった。懐中電灯らしい光は揺れ動いている。

「兄ちゃん」

大谷の声だった。防空壕の方からも、懐中電灯が照らされた。二本の光が、闇の中で交錯している。それが近づき、ひとつになった。

話はすぐに終った。

二人が柵の外に出て、ひとりだけが残ったように見えた。闇の中で、はっきりと判断はつかない。懐中電灯のひとつは、また遠ざかり、見えなくなった。

十分ほど待ち、戻ってこないことを確かめた。これからが、ほんとうの運を賭けた勝負だ。三度、大きく息を吸った。

「行くぞ、幸太。突っこむんじゃない。まず近くまで行って、何人残ってるのか、確かめなきゃならん」

「コルトを相手に突っこむほど、俺も馬鹿じゃねえや」

這った。しばらく這うと、柵だった。柵の針金をはずす。はじめから、はずしやすいような付け方をしたところがある。闇の中でも、間違えずにそれを見つけられた。

防空壕まで、十メートルほどのところに近づいた。防空壕の入口は、小高い土盛りになっていて、階段を数段降りると入口の扉だった。

ラバウル小唄が聞えた。大谷の兄貴の声だ。ほかに人の声はしない。

大谷の親父は、戦地に行くこともなく兵隊から戻ってきたらしい。兄貴の方がどうしていたのかは、知らなかった。もしかすると、予科練にでも行っていたのかもしれない。

良文は、そろそろと這い、土盛りの上に登った。音が聞えないかどうか不安だったが、扉が開く気配はなかった。

あまり待とうとは思わなかった。出かけていったのがひとりか二人か。賭けてみるしかなかった。砂をひと摑み、階段のあたりに撒いた。

しばらくして、扉が開く気配があった。ラバウル小唄はもう聞えない。

影。ゆっくりと扉を出てきて、階段を二つ三つ昇った。闇に眼は慣れている。右手に、拳銃があるのがはっきりわかった。

良文は、自分の息を数えた。三つ、四つ、五つ。拳銃が、いい角度にむいてはこない。

幸太も、拳銃を見ているはずだ。

じっと待った。幸太は、扉から五、六メートルのところまで近づいているだろう。

「おい」

大谷の兄貴の声。幸太が潜んだあたりに、銃口がむく。

「こっちだ」

とっさに良文は言い、大谷の兄貴が振りかえったところに、砂を投げつけた。叫び声。重なった。幸太も突っこんだようだ。良文も同時に跳んでいた。拳銃だけを狙って、鉄の棒を振り降ろす。なにかが、コンクリートの階段に落ちる、重い音がした。次の瞬間、良文の躰は宙に舞い、地に落ちていた。

「てめえらっ」

大谷の兄貴の喚《わめ》く声が追ってくる。棒で殴りかかった幸太が、棒をふっ飛ばされる。それでも組みついたまま離れようとせず、顔のあたりに拳を食らっていた。良文は躰を回転させた。腰に、鉄の棒を叩きつける。呻《うめ》き声があがった。二度、三度と叩きつけた。倒れるようにして、大谷の兄貴の躰が覆い被さってきた。逃げようがなかった。組み敷かれ、顎に手をかけられた。その手に、歯をかけ、顎に渾身《こんしん》の力をこめた。叫び声。ものを打つ音が、それに重なる。幸太が、後ろから棍棒《こんぼう》で殴りつけていた。のしかかってくる体重が消えた。跳ね起きる。大谷の兄貴は立ちあがろうとしていた。首筋に、鉄の棒を叩きこんだ。幸太も、バットを振るように腹に棒を叩きこんでいる。倒れた大谷の兄貴が、起きあがろうとして膝を折った。幸太が頭の方を、良文が腰のあたりを、力が続くまで殴り続けた。

動かなくなっていた。良文と幸太は、尻餅をついて、しばらく肩で息をした。それから、防空壕に飛びこんでいく。箱が積みあげられていた。探った手が、筒のようなものに触れた。懐中電灯だった。光の中に照らし出された箱の中を、幸太が覗《のぞ》きこむ。

「すげえ。缶詰だ。缶詰の山だぜ。酒もある。こりゃ、ウイスキーじゃねえかな」

「よし、すぐにはじめるぞ。俺はリヤカーを曳いてくる。その間に、おまえはあいつの手足を縛っておけ。柵を造った時に使った針金が、どこかにあるはずだ」

言い捨て、良文は闇の中を走った。リヤカーを曳いて戻ってくるまでに十分ほどかかった。幸太は、途中で二度転び、膝からは血が流れているようだ。

幸太は、すでにいくつか箱を運び出していた。大谷の兄貴は、後ろ手に縛られ、身動きひとつしようとしていない。

無言だった。懐中電灯をリヤカーのタイヤのところに挟み、その光を頼りに、二人で次々に箱を運び出した。重いものもあれば、それほど重くないものもある。中身を確かめてはいられなかった。

リヤカーの荷台が山のようになった。どれだけのものが、防空壕の中に収《しま》いこまれているのか。箱が、大して減ったようには見えなかった。

「走るぞ」

それだけ叫んだ。叫んだ時は、リヤカーを曳いていた。幸太は後ろから押している。孔雀城まで、三十分以上かかった。放りこむようにして、荷を降ろした。すぐに、空《から》のリヤカーを曳いて走りはじめた。十五分で、戻ってくることができた。

光がいくつかあった。オート三輪が来ているようだ。良文は足を止め、軽く舌打ちをした。

「戻ってやがるな。大谷の親父もだぜ」

「幸太、おまえ佐丸一家の幹部の家を知ってると言ってたな」

「知ってるよ。困ったら訪ねて来い、と言った人がいる」

「近くか？」

「走りゃ二十分ってとこかな」

「突っ走れ。ここに、トラック何台分もの隠匿物資があると、教えてやるんだ」

「なんで？」

「どっちだ？」

幸太が指さした方へ、良文は走りはじめた。ポケットが重たかった。無意識のうちに、階段のところに落ちていた、コルトを拾いあげて放りこんでいたようだ。こいつがあれば、もしかすると。一瞬だけ、そういう気になった。すぐに頭から拭い消す。コルトは一梃《いっちょう》だけとはかぎらない。撃ち合いになれば、殺されかねない。

「良っ、どういう気だ？」

「あの隠匿物資は、もう俺たちの手にゃ入らない。いま突っこんだって、やられるだけだ」

走りながら言っていた。

「俺たちが襲ったのはおお事だろうが、もっとおお事にしちまえば、俺たちがやったことは消えちまう。それに、佐丸一家からも、礼を貰えるかもしれない」

しばらく、黙って走った。

「よし、わかった。俺の方が足が速い。おまえはここで待ってろ。佐丸一家の人を、俺が引っ張ってくるからよ。もしやつらが、オート三輪で荷を運ぶようなら、なんとか行先も突き止めろ」

それだけ言うと、すごい速さで幸太は闇の中に突っ走っていった。

オート三輪で、どこに荷が運ばれるのか、突き止められるはずがなかった。度胸が据《すわ》っていた。いままで、こんなに度胸を据えたことは一度もない。

防空壕の近くまで行くと、腹這いになり、匍匐《ほふく》前進をした。いつも、刃が開かないように紐で巻いた肥後守《ひごのかみ》を、ズボンの左ポケットに突っこんでいる。それを出した。

オート三輪の周囲には誰もいなくて、防空壕のところで声が聞えるだけだ。前輪に、肥後守を突き立てた。左の後輪にも突き立て、それからまた匍匐で防空壕から遠ざかった。

物蔭で、じっと成行を見守った。

防空壕から、荷を運び出しはじめたようだ。懐中電灯の光が、二本交錯している。かなりの時間、待った。

「タイヤが駄目だ」

声が聞えた。オート三輪を動かそうとして気づいたのだろう。誰かが、自転車に飛び乗って突っ走っていく。どこからか、トラックでも調達してくるつもりなのか。

待った。良文がいるところには、かすかに人の声が聞えてくるだけだった。人影は動いているが、誰なのかは見分けられない。

「ぶち殺してくれるぞ、ちくしょう」

ひと言だけ、大きな叫び声がはっきり耳に届いてきた。

全身が濡れている。それが汗のせいなのか、ポツポツと降っている雨のせいなのか、よくわからなかった。

どれほどの時間、待ったのか。トラックがやってきた。焼跡が、ヘッドライトで照らし出される。幸太は間に合わなかったのか。それとも、佐丸一家では信用してくれなかったのか。

トラックが、柵を突き破って防空壕に近づいていく。いきなり、乱闘が起きた。荷台に乗っていた人間が、飛び降りざまに襲いかかったのだ。

それはすぐに終った。トラックに、荷が積みこまれていく。

良文は、そっとその場を離れた。もう走りはしなかった。

はじめて、心臓がドキドキしているのを感じた。

5

暗闇の中で、じっとうずくまっていた。

周囲は、放りこんだ箱が散乱している。リヤカーに山のように積みこんだ荷が、多かったのか少なかったのか、よくわからない。隠匿されていた物資から見るとほんのわずかな量だが、自分たちのこれまでの生活を考えると、信じられないほどの量だ。

ここで安全なのか。まずそれを考えた。絶対に安全ではないにしても、ほかの場所は思いつかない。孔雀城と、洒落《しゃれ》て名付けたこの場所に、いまは置いておくしかない。

トラックに乗ってきたのは、佐丸一家の連中だったのだろうか。ひどいやり方で、有無を言わさずあの場にいた人間を、叩き潰したという感じだ。物があることがあの連中に知れれば、同じような眼に遭う。

眠らなかった。箱も開かなかった。幸太が戻ってくるのを、ただじっと待った。

深夜に、ようやく合図の口笛が聞えた。良文は、握っていたコルトをポケットに落としこみ、扉を支えた棒をはずした。

「すげえ量の隠匿物資だ。小野さんもたまげてた。なにしろ、トラックが一回じゃ運びきれなかったんだぜ。いま時、よく持ってたもんだよ」

「おまえ、トラックに乗ってたのか?」

「いや。顔を晒《さら》すようなドジはしちゃいねえよ。俺は佐丸一家の事務所の前で待ってた。うまくすりゃ礼を貰えるし、貰おうとするのが当然だからな。見ろよ、小野さんも、さすがに俺にこれだけくれた」

幸太が、小さな箱を二つ出した。

「ラッキーストライクの、十箱入りが二つだ。PXの純正品だぜ」

「わかった。尾行《つけ》られちゃいないな」

「俺も、ラッキーストライクを二十個も持ってたんで、さすがに注意したよ。いろんなとこを通って、帰ってきた」

「明るくなるまで、眠ろうか」

「ああ」

お互いに、寝場所を作って横になったが、眠れはしなかった。

ラッキーストライク二十個でも、当分はひもじい思いをしなくて済む。リヤカーで運んできた荷の中には、どんなものが入っているのか。

開けたとたん、すべてが消えてしまうような気がして、時々跳ね起きたくなるような恐怖に襲われた。幸太も同じなのだろう。寝返りを打つ気配が、何度も伝わってくる。

別のことを考えようとした。

親父がいて、おふくろがいた。本郷の小さな一戸建てで、親父は毎日会社に出かけていった。本郷の家を売って、ほかのところへ引越そう、と親父は言っていた。おまえは山や野原が好きだろう。そう訊かれた記憶がある。引越すのは、おふくろの躰がよくなかったからだ。

戦争がはじまり、しばらくして親父は応召した。おふくろの躰は悪くなるばかりで、一度も元気にならずに死んだ。本郷が爆撃を受ける前に、家で死ねたのがせめてものことだった、と親類の人間たちは言った。死ぬのならどこでも同じだ、と良文は思った。

親父の部隊は南方の戦線に投入されていて、はじめのころは何度か手紙がきた。良文も、おふくろは元気になっていると、嘘の手紙を書いた。もし親父が生きていたとしても、おふくろが死んだことは知りはしないだろう。

親類の人間たちは、親父が死んだものと決めてかかっていた。激戦のあった島に、親父の部隊はいたのだ。

出征する時、親父の階級は少尉で、途中で中尉に昇進したという手紙がきた。階級など、いまとなってはどうでもよかったが、あのころはちょっと自慢だった。

眼を閉じたまま、良文はそういうことを考え続けた。

いつの間にか、天井の脇から光が入ってきていた。やはり雨もよいの日なのだろう。晴れた日の夜明けは、眩《まぶ》しさで眼が醒めることがある。

「眠れたか、良？」

「いや。おまえも眠れなかったみたいだな」

「夢じゃねえよな、良。起きれば、みんな消えちまうなんてことねえよな。腹が減りすぎて、おかしな夢を見ちまってんじゃねえかと、何度も起きそうになったんだ」

「俺たち、箱に囲まれてるじゃないか」

上体を起こした。幸太も起きあがっている。

まず、幸太の貰ってきた、十箱入りのラッキーストライクの箱を点検した。間違いはない。本物のラッキーストライクが二十箱。

大きな箱を、ひとつずつこじ開けた。

缶詰が入っているものが多かった。煙草がぎっしりと詰まったものがひとつと、羊羹が詰まったものもあった。それからウイスキー。日本のものではない。PXで売られているという、アメリカのものらしい。

しばらく、声も出なかった。

落ち着くことだ。良文は自分に言い聞かせた。まず、なぜPXの品まであるのか、考えた。大谷の親父は、米だとか小麦だとか、嵩《かさ》の張るものを闇市で売って、値あがりの見込まれるPXの商品に少しずつ変えていたのかもしれない。煙草も、よく調べてみるとアメリカのもののようだった。

価値があって量が少ない。それが一番いいに決まっていた。隠すのも運ぶのも、簡単だ。金を持っていても、物はどんどんあがっていく。つまり、金がどんどん少なくなっていくのと同じことだ。

大人というのは、やはりいろんなことを考える。そうやって儲《もう》け、世の中が落ち着いた時に、大食堂を建てればいいのだ。そろそろその時期が近いと、大谷の親父は考えていたのかもしれない。防空壕のある土地のまわりを、だから整地しようとしていたのだ。

「なあ、良」

幸太が、放心したような表情で言った。

「どうすりゃいいんだ、こんなに」

「とにかく、少し食おう。缶詰を二つずつ。蓄えてある乾パンは、全部食ってしまう。それから、考えよう」

缶切りがなかった。よく調べると、下にネジのような缶切りが付いているものがある。やはり日本のものではなかった。

恐る恐る、ひとつ開けた。缶と同じかたちの肉の塊が出てきた。それを肥後守で二つに割った。

「生肉じゃねえのか、これ」

「缶詰だ。そのまま食えるはずだ」

口に入れた。なにがなんだかわからなかった。懐しさに似たようなものが、全身を走り回る。気づいた時は、食らいついていた。口の中が脂っぽい感じになる。乾パンが旨《うま》かった。これを旨いと感じたのは、はじめてだ。

三十分ほどで、缶詰を四つと、蓄えていた乾パンを全部食べてしまった。

「うめえよ。涙が出てきそうだった」

「俺もだ」

「こんなもんが、あるとこにゃ腐るほどあるんだな」

「そういうことだ、要するに。そして、持ってるやつが勝ちってことになる。絶対そうなんだ。持ってなきゃ、さらに搾り取られるってことだ」

「俺たちゃ、持ってるぜ。こいつをうまく使えば、金持ちってことになるのかもしれねえ」

「もう金持ちさ。金を持ってるより、物を持ってる方が、絶対強いんだ」

腹が満ちたのかどうか、よくわからなかった。そういう感じは、ずっと昔にしかなかった。もう忘れてしまっている。

幸太が、外に出て水を汲《く》んできた。建物が焼けても、井戸はそのまま残っていたりする。水には困ることがなかった。しばらく、代る代る、水筒に口をつけていた。

それから、服を着替えた。

「闇市で、服と石鹼《せっけん》を手に入れてくる。これから大事なのは、怪しまれないようなきちんとした身なりだ。施設へ連れ戻されたら、この宝の山だって、他人の手に渡っちまう」

「まったくだ。俺も、きちんとしてようって気になってるよ。とにかく、この運は逃がしたくねえ」

腹はいっぱいになっているようだ。少しずつそういう気がしてきた。

ラッキーストライクを二つ。それで、古着でもきちんとしたものは手に入りそうだった。幸太の分も含めて四つ。幸太はその間、荷物の番をしているということになった。

雨は降っていないが、またいつ降り出すかわからないような雲行だった。

闇市に、売ってないものはない。少なくとも、良文や幸太に必要なものは全部揃《そろ》った。まず、服を手に入れた。国民服のようなものではなく、ちゃんとした学生服だ。良文も幸太も、年齢の割りには大柄な方だった。良文の方の学生服には、帝国大学のボタンがついていた。それだけ揃えても、まだラッキーストライクがひとつ余っている。

石鹼をひとつ手に入れ、それからバリカンも買った。二人分の銀しゃりの握り飯まで買うことができた。

孔雀城に戻ったのは、昼ごろだった。

「ラッキーストライクが、こんなに金になるとは思わなかった。ピースの三倍か四倍で捌《さば》けるね。買うやつだって、それを喫《す》うわけじゃない。儲けを上乗せして、また売るんだ」

言っても、幸太はぼんやりとしていた。

「昼めしだ、幸太」

「昼めし？」

「そうさ。めしは三度。昔からそう決まってるじゃないか」

「忘れてたよな、昼めしなんて。いや、考えまいとしてた。考えりゃ、惨めになるだけだから」

「これからは、昼めしも食える」

まず、お互いの頭をバリカンで刈った。これでシラミを追っ払えるかもしれない。それから、石鹼を使って、川で全身を洗った。買ってきた学生服はぴったりで、二人とも大学生のようになった。靴だけはズックだから、そのうち足に合わせて闇市で揃えればいい。

「おまえが出かけてる間、この品物に取り囲まれてじっとしてた。まったく妙な気分だったぜ。やっぱり夢なんだ、と何度も思った。夢じゃねえんだよな、ほんとに」

「これからさ、大変なのは。ここまでは、運があったってことだ。この品物を使って、どうやって生きていくかは、運じゃないからな。俺たちの頭の使い方ひとつだ」

「金は、当てにならねえって言ってたな」

「いまの十円が、一年さきにゃどうなってるか知れたもんじゃない。闇市の値段を見て、おまえもそう思うだろう」

「どうすりゃいい」

「それを、考えるのさ。とにかく、いつまでもこの品物を抱えこんでるのは危険だ。いつ、俺たちの方が襲われる側に回るともかぎらない。闇市へ行ったら、欲しいと思ってまわりを眺めるな。どんな売り買いがされてるのか、それをよく見ておくんだ」

幸太が頷いた。買ってきた四個の握り飯には、沢庵《たくあん》がひと切れずつ付いていた。バリッとくる歯触りも、忘れていたものだ。缶詰をまた開けようとは思わなかった。銀しゃりだけで、充分すぎるくらいだ。

午後からは、幸太が闇市へ出かけていった。

良文は、品物を全部調べ、正確に量を記録した。何度もくり返したので、それだけで数時間かかった。気が遠くなるほどの財産だった。トラック一台では運びきれなかったという佐丸一家が手に入れた品物は、どれほどの量に達するのか。

そんなことを考えている間に、うとうととした。

口笛。幸太が戻ったようだ。はじめは浮浪児狩りを警戒するためだった合図の口笛も、いまでは意味が変ってしまっていた。

「大谷の家、滅茶苦茶《めちゃくちゃ》にされちまったんだな」

「見に行ったのか」

「人間が束になると、なにやらかすか知れたもんじゃねえや。家にも、缶詰や酒をいくらか置いてあったらしいんだ。押しかけてきたやつらにそれをバラ撒いて、なんとか逃げ出したらしいぜ。だけど、防空壕のとこで、親父も大怪我をしてる」

「気にしてるのか、幸太？」

「そういうわけじゃねえが、面倒になるかもしれねえと思って、様子だけは見てきたわけさ。大谷の野郎、今日から食うにも困るぜ。兄貴も大怪我だっていうし」

兄貴の方は、二人でやった怪我かもしれない。あれぐらいやらなければ、コルトで撃たれていたはずだ。撃たれれば、死んでいる。屍体《したい》を蹴転がし、唾をかけるぐらいのことなら、あの男はやっただろう。

気にしていないと言いながら、幸太が気にしていることはわかっていた。喧嘩でもそうだ。かっとして殴り合い、あとでそのことをひどく気にしたりする。幸太のいいところでもあり、悪いところでもあった。

「これだけの品物でも、闇市に並べりゃすぐ捌けると俺は思うぜ」

「子供が二人、こんなもの並べていられると思うか？」

「そうだよな。もう三つ四つ歳《とし》をとってりゃな」

「なにか考えついたのか、良」

「いや、おまえが出かけたら、品物の数を何度も数えて、それだけでくたびれて眠っちまった」

「方法はあるさ」

「とにかく、こんなものを持ってるなんてこと、口が裂けても言えねえな。それから、小野さんに、ラッキーストライクはどうしたって訊かれたよ。二個は服と食い物になっちまったと答えといた。闇市で、売らしてやってもいいって言ってたぜ。だけど、やくざっての、信用していいかどうかわかんねえからな。気風はよくても、肚の底の底の方じゃ、汚ねえんじゃねえかって気がする」

「そっちの方は、おまえの方が詳しいだろう」

闇市はやくざが取り仕切っていて、そこで物を売る時は、彼らにいくらか払わなければならないらしい、ということは良文も知っていた。これだけの物は、闇市以外で捌けるとも思えない。ただ、物があるから売らせてくれと言えば、怪しまれるだけだろう。

日が暮れはじめていた。

一日が、あっという間だった。

第二章

1

煙草を三十個と、缶詰を二十個並べた。

それだけでも、闇市ではかなり豪華な店だった。なにしろ、煙草は全部洋モクというやつなのだ。ただし、三十個の中の十八個だけが、自分たちの煙草だった。残りは佐丸一家のもので、つまりは佐丸一家の店で物を売らせて貰う、という恰好だった。値段は、小野という男が決め、売上げの金も小野のところに運ぶことになっている。その中から、ほんの少しだけ日当として貰うのだ。

煙草も缶詰も、飛ぶように売れた。ほかの店より、値段が少し安いということがあるのかもしれない。佐丸一家の縄張りで、露店商組合の入会金や組合費やゴミ銭と呼ばれる上納金も必要ないのだ。佐丸一家の店の売り子をやっているのと同じだった。

翌日から、店に並べる品数は増えた。自分たちの持っているラッキーストライクは、勝手に売れと言われた。良文は、それを待っていた。ウイスキーも並べられ、そこに自分たちのものを三本ほど紛れこませた。缶詰は十個ほど紛れこませた。

一日の商売が終ると、小野のところへ行って、売上金を渡す。その中から日当を貰うのだ。小野はきちんと品数を数えているので、それだけの分を渡せばいいのだった。

金の管理は、良文がやった。幸太は、そういうことが得意ではない。通りかかる客に威勢のいい声をかけて売るのがうまかった。

小野から渡された革の鞄《かばん》に、売上金を入れてしっかり抱いておく。自分たちの物を売った金をポケットに収いこむのは、慎重にやった。見つかれば、全部を取りあげられるだけでは済まないだろう。

一日に何度も、佐丸一家の若い衆が回ってくる。ほかの店では物をせびったりしているが、良文たちには声をかけて通りすぎるだけだった。

佐丸一家の若い衆の顔は、すぐに覚えた。親分も一日に一度は見回りにきて、その時は、四人の幹部のひとりとして、小野もぴったりとくっついてくる。佐丸一家の上に、さらに大きな組があるらしく、そこの大親分がやってくる時は、小野は後ろの方で小さくなっていた。

一週間ほどで、そんなことは全部覚えてしまった。

かっぱらいなどはよくあって、やられてしまえば、その分日当から引かれることになる。いつも眼を皿のようにしていた。危ない時大声を出せば、佐丸一家の若い衆がすぐに飛んでくる。一週間で、缶詰をひとつやられたくらいだ。

「岡本さんは、退屈そうだな、いつも。みんな忙しく働いてるってのによ。あの人、仕事なんてしなくていいみてえだよ」

岡本というのは、一日に一度はやってきて、売り物の中から煙草をひとつ黙って持っていく。それは放っておけ、と小野に言われていた。

その岡本が、こちらへむかって歩いてくる。

「あの人は、親分の親戚かなんかかもしれないな」

「そりゃ違うな。親分のことを、佐丸さんって呼んでたことがある。小野さんなんか、あの人に会ったらお辞儀するぜ」

岡本は、三十歳ほどの、痩せた男だった。いつも遠くを見るような眼をしていて、滅多に喋らない。よく人とぶつかってよろけたりしているが、酔っ払っているわけでもないようだった。

岡本が店の前に立ったので、良文はキャメルをひと箱差し出した。ちょっと頷いて受け取り、岡本はその場で封を切った。使っているライターはジッポだ。とてもいい音がして、火つきも悪くない。

「おまえ、両親は？」

煙を吐き、良文の顔を見つめて、岡本が言った。

「死にました」

「十五、六ってとこか？」

小野には、十四だと言ってある。もうすぐ十四になるので、嘘というほどではない。

「いつも、紐みてえなもんを振り回してるな。ありゃなんだね？」

「一応、武器のつもりなんですが。かっぱらいをそれで打つんです」

「見せてみな」

良文は、ポケットからロープを出した。佐丸一家の倉庫にあった切れ端を貰ったものだ。かなり太いロープで、先端に瘤《こぶ》を作ってあり、当たれば効くはずだった。幸太は、二尺ほどの樫《かし》の棒を、いつも刀のように腰に差している。

岡本が、ロープを振った。びゅっという、空気が引き裂かれる音がした。

「なるほどな」

かなり練習したが、岡本のようにはまだ振れない。振ったあと、うまく手首を返さないと、自分の躰に当たってしまうのだ。はじめのころは、脇腹にいくつも痣《あざ》を作った。

「なんで、こんなものにした。誰かに教えられたのか？」

「自分で考えました。ふだんはポケットに入れとけるし」

「なるほどな」

なるほどというのが、岡本の口癖らしい。

「最後の最後まで、てめえの武器は見せねえってことか。そっちの坊やとは大違いだな」

腰に棒を差した幸太が、頭を掻いた。

「こいつはな、下から使え。ポケットから出して、そのまま下から振りあげるんだ。上から打ちたくなるだろうが、人間ってのは、上から来るもんにゃいつも注意してるもんさ」

「力が入りません、下からじゃ」

「腰さ。腰を回せばいい」

びゅっと、また空気を裂く音がした。ロープは、地面から石でも跳ねあがったように岡本の頭上で舞い、また空気を裂いて振り降ろされた。

「いいかい、腰を回す勢いで、跳ねあげるんだ。そいつができりゃ、上からは簡単だし、横からでも使えるようになる」

「練習してみます」

「自分の手みてえに使えなきゃ、武器なんて言えねえからな」

岡本が抛ったロープを、良文は宙で受けた。岡本はもう、良文の方は見もせずに歩きはじめていた。背中には、圧倒するようなものは感じられない。ヨレヨレの国民服を着た、ごく普通の男が歩いているようにしか見えないが、ロープを振った瞬間は、鳥肌が立つような凄味《すごみ》があった。

「なんでえ。武器ってのはな、見えるようにしときゃ、はじめから誰も襲おうなんて気は起こさねえのさ」

「だけどすごいぜ、あの人」

「いいさ、放っとけよ。それより、いまのキャメルをつけとくの、忘れんなよ」

岡本に渡した煙草は、帳面につけておいてあとで小野に報告することになっている。売れた数も全部記録し、売れ残ったものは佐丸一家の倉庫に戻すのだ。

店の裏で、良文はロープを振る練習をはじめた。下から上へ。なかなか、腰の回転とうまく合わない。何度も、自分の肩や背中を打った。

「買わねえんなら、どけっ。ほかのお客さんの邪魔になるだろうが」

幸太の大声が聞えた。このところ、良文も幸太も元気がいい。たっぷりと食えるからだ。

品物も、かなり捌いていた。ウイスキーや缶詰など、重いものから少しずつ売っていった。ただ、売って得た金を、どう使えばいいのかはまだ見つけていない。とにかく重いものさえ金にしておけば、いざという時孔雀城から持ち出すのも簡単だった。

「狙われてるような気がするな」

店に戻ると、幸太が言った。

「誰に？」

「やつらさ。さっきも、遠くから様子を窺ってやがった。そのくせ、近づいちゃこねえんだ。わっと襲ってこられると、打つ手はねえぜ。なんせ、十二、三人はいやがる」

幸太がやつらと言うのは、上野公園のどこかを巣にしている、浮浪児の一団だった。浮浪児狩りからは、うまく逃げおおせているらしい。

「十七ぐらいのやつが、頭《かしら》にいやがんだよ。おまえも見たことあるだろう」

一度、むかいの店がやられ、服を七、八着かっぱらわれた。意外にきれいな身なりをしていたので、浮浪児とは思わなかったのだ。上野公園まで出かけていって、そいつらを狩り出すほど、佐丸一家も暇ではなかった。それほど闇市の中は揉《も》め事が多く、佐丸一家の若い衆だけでは足りないのだ。盗みを監視するのは、店の人間の責任とされていた。

「缶詰もウイスキーも、箱に入れようか。その方が、ずっと重たくなる。ひとつずつかっぱらうよりやりにくいはずだ」

「その方がいいかもな。こっちの方が、元気はあるんだ。重てえ物を持ったやつを追いかけてぶちのめすぐらい、二人でできる」

「だけどな」

佐丸一家の、直営の店だということはわかっているはずだ。そこで盗みをやらないから、連中も許されているというところはある。

そこを襲う気になっているということは、良文と幸太がよほど甘く見られているということだった。連中は、上野の近くの闇市ではあまり盗みをやらず、渋谷や池袋などに出かけていくことが多いという話だった。

一日の仕事が終った。

良文と幸太は、売れ残った品を箱に入れ、二人で抱えて佐丸一家の倉庫に運んだ。並べる品が多くなったから、売切れということはなくなったが、来る時よりずっと箱は軽くなっているのだった。

煙草を十個とウイスキー二本と缶詰を十個。自分たちのものを紛れこませて売ったのは、それだけだった。

「だいぶ、減ったよな」

おでんと雑炊の食事をして孔雀城に戻ってくると、積みあげた箱を見て幸太が呟いた。店をはじめて、すでに半月経っている。ウイスキーは四十本ほど捌いた。缶詰の箱も三つなくなった。困るのは羊羹だった。小野が出そうとしないのだ。出そうとしないのではなく、もともとないのかもしれない。とすると、いつまでも店に出せないということになる。

金は、別のところに隠してあった。かなりの額になっている。渋谷かどこか、ずっと離れた闇市で商売もできる額だが、警察の規制が厳しくなって、十三、四の少年が店を持つことなど不可能だった。

自分たちの品物には、ほとんど手をつけなかった。羊羹を、半分ずつ食ってみたぐらいだ。毎日の食事は、小野が払ってくれる金で充分だった。

夜は、やることがなにもなかった。このところ、良文は毎夜外に出て、ロープを振る練習をしている。半月前は、そんなことをすれば腹が減るだけだとしか思わなかった。

「おまえ、またロープの稽古か？」

「無駄にゃならないさ。おまえみたいに喧嘩に馴《な》れちゃいないし、練習だけは気が済むまでしとかなきゃ、いざって時に手が動かないかもしれない」

「大丈夫だ、おまえは。大谷の兄貴をやった時は、俺もびっくりしたぐらいだぜ」

闇市には闇市の秩序があったが、すべてがその通りというわけではなかった。時には、力がまかり通っていくこともある。狡《ずる》さが幅を利かせる時もある。

「運がよすぎるな。時々、俺ゃそう思う。そこらの大人より、俺たちゃ稼いでるかもしれねえぞ」

「隠匿物資を小野さんに知らせたのが、よかったんだ。でなけりゃ、ここの品物を売るのにも困ったはずだ」

「まったくよ、どういうとこから運がむいてくるか、わかったもんじゃねえな。佐丸一家のトラックが荷物を運びこんできた時は、なんか横からかっさらわれたような気がしたけどな」

「小野さんは、俺たちをこれからどんなふうにしようってのかな？」

「若い衆にしちまうには、まだガキ過ぎると思ってんだろう。だけど佐丸一家の手は足りねえ。店をやらしとくのに、ちょうどいいってとこじゃねえのか」

いつまでも、こんな状態が続くとは、良文には思えなかった。包装用の新聞紙などを読んでも、いろんなことが変りつつある。戦争が終って、あとひと月ちょっとで一年になるのだ。

佐丸一家の若い衆になろう、という気はなかった。それについて、幸太とはまだ話合っていない。幸太なら若い衆が似合いそうだが、自分には似合いはしないだろう。

「とにかくよ、俺たちゃついてる」

勉強だけはしろ、と親父が言った。出征する前の晩だ。そのことも気になった。幸太には、学校に行くという気はまったくないらしい。

「二人で、二十六歳だよな、俺たち」

暢気《のんき》に、幸太が言う。

良文は外に出た。もう七月になっていて、夜でも蒸暑かった。

上半身裸になり、ロープを振る。下から上へ。時々、崩れかけたコンクリートの壁などを打ってみる。バシッと小気味のいい音がする時と、気の抜けたような音がする時があった。

ロープを振っている間は、いつも無心だった。これからどうなるのかということも、金をどう使うかということも、頭から消えてしまっている。時間が経つのさえ、忘れてしまうほどだった。

すぐに、上半身が汗にまみれる。構わず続けていると、息が乱れてくる。それでも続ける。苦しくなってからが、どこかに気持よさが混じりこんでくるのだ。

「俺は木刀にしようと思うんだ、良《よし》。腰に差した棒はコケ威《おど》しでよ。倉庫にあったのを、小野さんに頼んで一本貰う」

幸太が出てきて言う。

「目立つぞ」

「売場の下に隠しとくのさ。いざって時、木刀を出す。それまで、自分の武器は相手に見せねえようにするんだ」

「岡本さんに言われたからか？」

「まあな。あのおっさんも、たまにゃいいことを言う」

良文は、幸太にむかっていった。下から上へ。幸太が慌てて避ける。

「ロープで人を殴れるか、なんて嗤《わら》ったくせに」

「わかったよ。練習すりゃ、なんでも武器になるとわかったからよ」

逃げ回る幸太を、良文はしばらく闇の中で追い回した。

2

いきなりだった。

良文は、背中に体当たりを食らって、前のめりに倒れた。箱が、道に落ちて音をたてた。幸太の喚き声が聞える。

狙われているのは、箱の中の品物ではない。良文自身だった。いや、腹に巻きつけている、金の入った鞄なのか。道に転がった缶詰を、大人たちが拾っているのが見えた。跳ね起きようとするところを、蹴りあげられた。一瞬、息ができなくなった。腹に手がのびてくる。それを振り払うように、良文は躰を回転させた。その勢いで立ちあがる。ポケットに手を入れた。ロープを引き抜きざま、下から上へ振りあげる。むかってこようとしていた少年がひとり、ふっ飛んで仰むけに倒れた。横にロープを振る。戻しを、下からにした。二人、ふっ飛ばした。顔の真中に拳を食らった。倒れながら、走り去る幸太の姿を眼で捉えた。

立ちあがった。一番大柄な少年。そいつにむかってロープを叩きつける。かわされた。

勢いで前のめりになったところを、蹴り倒される。執拗《しつよう》に腹に手がのびてきた。海老《えび》のように背中を丸くして腹を庇《かば》った。自分の躰ではない。金の入った鞄を守ったのだ。二発、三発と蹴りつけられた。叫び声。幸太だった。大柄な少年に、素手で組みついている。ふっ飛ばされそうになるが、しがみついて離れない。顔面から、血が噴き出していた。片膝立ちになり、良文はロープを横に振った。誰かに当たった。立ちあがる。しがみついた幸太が、滅茶苦茶に殴られていた。それでも、幸太はその少年にしがみついたままだ。

怒声が聞えた。

少年たちが、ぱっと散った。

残ったのは、尻餅をついた良文と幸太だけだ。佐丸一家の若い衆が、四人駈《か》けつけてきていた。

助け起こされる。良文と幸太は、道に放り出した箱に飛びついた。ウイスキーはそのまま入っていた。六つ残っていた缶詰のうち四つが消え、煙草も五箱消えていた。ウイスキーが二本とも無事だったので、なくなったものはなんとか今日の払いで勘弁して貰えるかもしれない。

倉庫に、残った品物を運びこんだ。

「乱闘になったっていうじゃねえか。これだけ品物が残ってたのか？」

報告を聞いてやってきた小野が、箱の中を覗きこんで言った。乱闘をしている間に、品物をほかの少年がかっぱらう。十人はいたから、それはできたはずだ。しなかったのは、やはり金の入った鞄を狙ったのだろう。

「俺たちが、田代の叫び声を聞いて駈けつけた時も、十人ばかりを相手に大乱闘でしたよ。品物は放り出したままでね」

若い衆のひとりが、小野に説明している。

「てことはだな」

「鞄を」

「やられたのか」

良文の顔を覗きこんで、小野が言う。すごい眼をしていた。

「狙われたんだと思います。何度も、しつこく手をのばしてきましたから」

良文はシャツをたくしあげ、布で直《じか》に腹に巻きつけた鞄を出した。

「おう、守り通したってわけだな」

小野が、倉庫の木の箱に腰を降ろした。大きな倉庫で、屋根も高く、品物は隅の方に積みあげてある。もうすぐ、トラックも帰ってきてここに入れられるはずだ。

「市場と倉庫の中間あたりでやられてましてね。市場の中じゃ、俺らの眼があってやれなかったんでしょう」

店を閉め、売れ残りを倉庫へ運ぶところだった。小野が、帳面を片手に品物を調べはじめる。こちらの品物を紛れこませたのがバレるのではないかと、一瞬良文は頭の中で計算しようとした。どういう計算をすればいいのかとっさに浮かばず、混乱しただけだった。

「缶詰が四つと、煙草が五つか」

計算など、する必要はないのだった。こちらで紛れこませた品物は、帳面には勿論《もちろん》書きこんでいない。もともとないものとして、金だけが良文の左のズボンのポケットに残っているだけだ。紛れこませるのも、怪しまれないようにいつも少量だった。

「佐丸一家の売上げを狙ったってことだな。吉崎、十人ばかり連れて、やつらを引っ立てて来い」

若い衆が、どっと倉庫から出ていった。

良文は、握ったままだったロープを丸めて右のポケットに押しこみ、さりげなく左のポケットに触れた。金はある。ポケットからはみ出してもいない。

「すまねえ」

幸太が言った。

「品物を戻す時、邪魔だからって棒を置いてきたのがよくなかった。吉崎さんを大声で呼んで戻ってきた時、おまえもう袋叩きで、腹の鞄だけ守ろうとしてた」

「おまえが、素手で突っこんできてくれたんで、助かったんだ」

掌《てのひら》で、顔の血を拭った。躰のあちこちが痛みはじめている。幸太もひどい顔をしていた。

「やつら、いまここに引っ立てられてくるからな。なにかあったら、罪でも着て貰おうと思って泳がしといたんだ。それが、うちの売上げを狙うとはな。やつらの巣も、顔《メン》もわかってる。馬鹿な真似《まね》をしたもんさ」

「そうなんですか」

良文は、口の中の傷を気にしながら言った。幸太は、まだ鼻血が止まらないようだ。

「缶詰が四つと煙草が五つ。おまえらに弁償して貰うとすると、二日は払えねえ。まあ、今日一日分の払いで勘弁しよう。そういう決まりにしてるんだから、こらえろや」

「いいです。油断した俺たちがいけなかったんだから」

「だけどな。よく売上げは守ったよ。十人はいたっていうじゃねえか。頭《かしら》は、十七にもなる野郎だぞ」

「こんな時のために、鍛えちゃいたんですけど」

「さっきのロープがそうだな。見せてみな」

良文は、ズボンの右ポケットからロープを引き出した。受け取った小野が振り回したが、死んだ蛇みたいだった。

「こんなもんで、人が倒せるのか?」

「使い方、岡本さんに教えて貰いました」

「岡本さんか。じゃ、使い方によっちゃ、ごつい武器になるんだろう」

返されたロープを、良文はもう一度掌の中で巻いた。黒っぽい、血のしみのようなものがいくつか付いている。

小野が、ポケットから十円札を二枚出した。

「雑炊でも食え、これで。食ったあと、ここへ戻ってこい」

「いいんですか?」

「ほんとは、今日の日当も払ってやりてえとこさ。まあ、親分《おやじ》さんが決めたことだ。おまえらだけ特別扱いってわけにゃいかねえ」

「すいません」

良文と幸太は、一度頭を下げて倉庫を出た。

鶯谷《うぐいすだに》の駅近くまで歩き、一時間ほど並んで一杯十円の雑炊をかきこんだ。左のポケットにある金を使えば、牛肉でもなんでも食べることはできたが、そうしようとは思わなかった。きわどいところで、バレなくて済んだのだ。おまけに、雑炊一杯奢《おご》られた。

「小野さんは好きだな、俺ゃ。大谷の親父なら、俺たちを一年もただ働きさせようとしたかもしれねえ」

「そうだな」

良文は、品物と帳面を照らし合わせていた時の小野の眼が、どうしても好きになれなかった。あれでウイスキーまでやられていたら、一週間は払って貰えなかったに違いない、という気がする。なんといっても、アメリカのウイスキーは店の目玉商品だった。酒場の経営者などがやってきて、ラベルと栓を念入りに確かめてから買っていくが、びっくりするような値段だった。

小野は、佐丸一家の若い衆を束ねている幹部で、荒っぽいことよりも商才の方がありそうだった。戦争には行かず、刑務所に入っていたという噂だったが、ほんとうのところはわからない。

「命を預けられる相手ってのは、そんなにいると思えねえよな」

「俺たちは、自分で命を摑んだんだ。そう思わないか、幸太。戦争が終ったんで、兵隊にも行かなくていい。自分の命を、自分でどうにでもできるんだ。他人に預けようなんて気、起こすなよ」

「そりゃ、そうだけどよ」

ゆっくりと歩いて、佐丸一家の倉庫に戻った。速く歩くと、やはり躰が痛いのだ。

「遅かったじゃねえか。どこへ行ってた」

倉庫には、少年たちが並んで立たされていた。

「鶯谷の駅のとこの雑炊屋です。あそこは、一杯十円で量が多いから」

少年たちの方を見ないようにして、良文は答えた。捕まった連中は、これから焼きというやつを入れられるのだろう。説教ぐらいで済むとは思えなかった。

「鶯谷の雑炊屋は、うちで仕切ってるとこじゃねえ。今日は金がなかったから仕方ないにしろ、これからは行くな」

良文は、わかったと言う代りにちょっと頭を下げた。

すぐにはなにもはじまらなかった。若い衆は、煙草などを喫いながら立話をしている。並んだ少年の中に、大谷の姿を見つけて良文は息を呑んだ。ひと月足らずの間に、すっかり変ってしまっている。痩せて薄汚れ、怯《おび》えた眼を足もとに落としていた。幸太も気づいたらしい。

小野は、箱に腰かけたまま、爪を切りはじめた。ひとつひとつに、念入りにヤスリをかけている。それが、なんとなく無気味だった。

倉庫の扉が開いたのは、小野が爪を切り終えてからしばらく経った時だ。若い衆が、良文たちと同じ年頃の少年を、二人蹴りこんできた。それで、少年は十一人になった。

「全部か、これで?」

腰を降ろしていた箱から立ちあがり、小野が言う。

「十二匹だって話ですがね。どうしても一匹見つからねえんです」

「もういい。みんな呼び戻せ。はじめるぞ」

「申しわけありません」

いきなり、少年のひとりが土下座をした。十七、八の、頭株《かしらかぶ》の少年だった。

「なんでもします。誰かを殺せと言われれば、殺します。絶対に、佐丸一家には逆らいません。許してください。お願いします」

何度も、コンクリートの床に額を擦《こす》りつけている。ほかの少年たちは、呆然《ぼうぜん》と立っているだけだ。

「黙ってろ、ピーピー鳴くんじゃねえ」

小野が言うと、若い衆のひとりが少年の頭を踏みつけた。額がコンクリートにぶつかる、鈍い音がした。

「広一とか言ったな、確か。親兄弟は？」

小野の喋り方は、はじめから終りまで薄気味悪かった。もう夏だというのに、ちょっとくたびれた背広をきちんと着こんで、ネクタイも締めている。

「親兄弟はいるのか、と訊いてんだ」

「いません」

「落とし前をつけるやつが、誰もいねえってことだな」

「俺が、なんでもしますから」

「おうよ。なんでもやって貰うさ」

小野が顎をしゃくると、若い衆が二人で広一と呼ばれた少年を立たせた。服が剝ぎ取られていく。黒く汚れた躰が現われた。下着も全部剝ぎ取られたので、生え揃った恥毛も、縮こまった性器もむき出しになっている。

「佐丸一家の売上金を狙うとはな。俺にゃ頭がおかしくなったとしか思えねえよ」

「許してください」

広一の声は弱々しく、半分泣いているようだった。

若い衆のひとりが、そらよっとかけ声をかけて、丸太を広一の躰に打ちつけた。腹のあたりに当たり、広一はふっ飛んだあと、ひどいゲロを吐いた。次の若い衆が、また丸太を叩きつける。

「よく見てろ。餅つきってんだ。人間の躰を、餅みたいにのばしちまうのさ」

言いながらも、小野はにやにや笑っている。

半端な殴り方ではなかった。太い丸太が、容赦なく広一の躰に振り降ろされる。泣き声をあげていた広一が、気を失ったようだった。バケツの水が浴せられた。

「餅つく時も、こうやって時々水をくれるだろうが。今度は三人でつくぞ」

細い竹の棒だった。かけ声に合わせ、三人の棒が絶え間なく振り降ろされる。広一の皮膚が赤くなり、破れ、方々から血を噴き出した。それでも、気を失いはしない。泣き叫んでいる。

また水がかけられた。血が流され、ささくれた肉がむき出しになる。

これを見せるためだけに、小野が自分たちを呼び戻した、とは良文には思えなかった。

躰に、なにかがふりかけられた。長い叫び声をあげ、広一はのたうち回った。並んで立たされた少年たちは、一様に表情を失っている。よほどしみるものでもふりかけられたのか、広一の叫び声はやまなかった。コンクリートに、全身を擦りつけるようにしている。

「佐丸一家の餅つきってのは、甘くないんだぞ、ガキども」

また、若い衆が丸太を振りあげた。その若い衆が、丸太を良文に差し出す。

「えっ、俺が」

「仕返しをしてやんな。やっとかなきゃいけないよ。それが極道ってもんだ」

俺はやくざではない、という言葉を良文は呑みこんだ。下手をすれば、自分が広一の立場だった。それが、ちょっとしたきっかけで丸太を握る方にいる。

背中を押され、良文は前に出た。無意識に、丸太を振りあげていた。振り降ろす。眼を閉じたりはしなかった。自分が殴った人間の姿を、しっかりと見た。

「まあまあってとこかな」

小野の声だった。幸太が押されて前へ出てきた。若い衆が、良文から丸太をとり、幸太に握らせる。しばらく立っていた幸太が、叫び声をあげ、丸太を振りあげた。

「撫でてんじゃねえ。もう一度だ」

振り降ろす速さは、振りあげる時よりずっと遅かったのだ。わっと叫びながら、幸太が丸太を打ちつけた。よし、という小野の声が聞える。幸太は涙を流していた。

「二人とも、こういうことはもうひとつだな。まあ、はじめにしちゃよくできた方だ」

広一は泣き続けている。時々、母親を呼んでいた。躰は大人でも、そんなところは子供だった。小野が、煙草に火をつける。

「よし。つきあげちまいな」

若い衆が、また丸太を振りあげた。容赦のない打ち方だ。

一瞬、視界が白くなるのを、良文は感じた。餅つきは終らない。多分、広一が生きている間は終らない。

広一の性器から、血が小便のように流れ出してきた。それでも餅つきは終らなかった。並んで立っていた少年のひとりが、ぶっ倒れた。ほかの少年も、足もとに小便の水溜りを作っている。

広一の躰が、まったく動かなくなった。

死んでいる。触れてみたわけでもないのに、なぜかそのことがはっきりわかった。

「次は、どいつをつこうか」

小野の視線が、少年たちを舐め回した。みんな、表情からは怯えさえも消えている。

「代りに落とし前をつけてくれるやつがいたら、いまのうちに言え」

誰ひとり、答えなかった。聞えていないのかもしれない、と良文は思った。

威しただけで、次につかれる者は誰もいなかった。広一の躰が、木箱に折り曲げて入れられた。釘で蓋を打ちつけられ、それで終りだった。

少年たちよりさきに、良文と幸太は外へ出た。

そのまま、ひと言も喋らず孔雀城まで歩いた。自分の躰の痛みなど、忘れていた。孔雀城に入る前に、二人とも闇の中で胃の中のものを全部吐き出した。吐きながら、低い声で幸太は泣いているようだった。

3

いつものように、岡本が木箱の中に手をのばして、キャメルをひとつとった。

「餅をついたんだそうだな」

どう答えていいかわからず、良文は自分の足もとに眼をやった。岡本の吐く煙草の煙が流れてくる。

「餅ついて、喜んじゃいないようだな」

「喜ぶなんて」

「人間は、ついたりするもんじゃないよな」

岡本の笑い声が聞えた。眼をあげた時、岡本はもう背中をむけていた。相変らずヨレヨレの国民服で、腹を減らしたように頼りない感じで歩いていく。

自分の手が汚れたという意識が、良文には濃厚にあった。かっぱらいをやったころ、そう思ったことはなかった。大谷の兄貴を襲ったあとも、そうは思わなかった。広一というあの少年は、姿を変えた自分だったのだという気がする。自分で自分を打ち据え、そして手が汚れた。

まるでゴミのように箱につめられた広一の屍体は、どこかに捨てられたのだろうか。

「やくざはやくざだよ、やっぱり」

思い出したように、幸太が呟いた。小野のことを言っているのだと、すぐにわかった。二人とも、昨夜から言葉が少ない。

昼すぎから、ひどい雨になった。さすがに、闇市の人通りも少なくなってきた。板で葺《ふ》いた店の屋根からは、三カ所ほど雨洩りがした。商品が濡れないように、蓋を被せる。

「雷が鳴ってやがる。よく考えたら、きのうが七夕だったんだな」

客は少なく、売れるのも煙草と缶詰だけだった。七夕に、少年がひとり死んでいった。それが自分であっても、なんの不思議もなかった。自分で自分を殺した。そんなことだったのだ、と良文は思った。

幸太がまた言った。良文は答えず、ポケットからロープを出すと、下から上へ振りあげた。何度も、同じことをくり返す。

「なあ、雷だよ」

雨は、夕方にはやんだ。

売れ残った商品を、良文と幸太は佐丸一家の倉庫に戻しに行った。

小野は、何事もなかったように品物を点検し、日当を払った。今日は、品物の中に自分たちのものを紛れこませる気さえ起きなかった。良文の左のポケットは空っぽである。

「銀座の方へ出かけてくる」

倉庫を出ると良文は言い、返事も聞かずに歩きはじめた。幸太は、付いてくる気はないようだった。

前から考えていたことが、ひとつある。よく本物のウイスキーを捜しに来る銀座の酒場に、まだ残っているものを全部売ってしまうということだった。直接、相手と取引をしてしまう。店を使ってやるわけではないので、小野に見つかる危険も少ないだろう。

銀座の酒場を、七軒回った。もし買ってくれるなら、いくらなのかという交渉である。一軒につき二本まで、と良文は自分で決めて交渉した。景気のよさそうな店が三軒、本物なら買うと返事をした。

ウイスキーさえ捌いてしまえば、あとの大物といえば羊羹くらいだ。缶詰や煙草は、佐丸一家の店を使わなくてもなんとかなる。

佐丸一家と手を切りたい、と強く思っているわけではなかった。あれほどいい仕事を、新しく見つけることは難しいだろう。ただ、品物を抱えているのは怕かった。小野に見つかれば、餅つきだ。

「おまえ」

新橋の近くまで歩いた時、良文はひとりの少年と擦れ違った。きのう、倉庫で並んで立たされていた少年のひとりだ。

少年は、良文を認めると、明らかに怯えの気配を示した。眼を合わせようとせず、うつむいて泣き出しそうな顔をしていた。

「こっちへ流れてきたのか、おまえ」

少年は答えようとしない。逃げ出したいのだが、逃げ出せないでいるという感じだった。

「なんか持ってないか？」

自分でも意外な言葉が、口から出てきた。

「俺は、ちょっと腹が減っててね」

少年が、素速くポケットに手を突っこんだ。良文は、一瞬身構えた。自分は、ポケットにいつも武器を忍ばせている。しかし少年が差し出したのは、一円札が三枚だった。

「こんなんじゃ、大したものは食えないな」

少年の怯えが、良文の言葉を聞いていっそうひどくなったようだった。ひと言も喋ろうとしない。

「まあいい。行きな」

三、四歩離れてから、少年はいきなり走りはじめた。ふり返った時は、もうかなり遠くまで走っていた。

「臆病者だな」

呟く。また歩きはじめる。汚れた三枚の一円札の感触が、いつまでも指さきに残っていた。一度ポケットに突っこんだものを出し、何度も指さきでしごいて皺《しわ》をのばした。

孔雀城に戻ったのは、かなり遅くなってからだった。扉の支えの棒をはずした幸太は、すぐにまた横になった。

ロウソクなら何本でも買えたが、孔雀城はずっと明りなしで通している。

闇の中で、服をきちんと畳み、寝巻きにしている大人用のシャツとズボンを着こんで、良文も横になった。

「きのうから考えていたんだけどな、幸太」

幸太は答えず、眼醒めているということを教えるように、寝返りを打った。

「俺たちだけで、小野さんみたいな人を相手にしながら、これからもやっていけるんだろうか」

「どういう意味だ、そりゃ？」

「いつの間にか、佐丸一家の若い衆になっちまうんじゃないのかな。いまは、あそこの市場はいいよ。だけど、渋谷や新橋じゃ、華僑《かきょう》の市場とぶつかって、若い衆が死んだりしてるって話だ」

「俺たちも、そうやって死んじまう道具みてえに使われるかもしれない、ってことか？」

「俺たちは、佐丸一家に入った覚えはない。店で働いてるってだけの話だ。佐丸一家が流す品物を扱ってる店は、ほかにもある。だけどそりゃ佐丸一家から安く買い、儲けを乗せて売るってやり方だ。佐丸一家の倉庫から品物を運び出して売ってるのは、俺たちくらいのもんだぜ」

「仕方ねえだろう。でなけりゃ、俺たちの品物を紛れこませる場所もなかったんだ。外から見てりゃ、俺たちゃ佐丸一家の一番下っ端に見えるだろうけどな」

「いまはいいさ。だけど、あそこの市場も、いつ華僑の市場とぶつかるか知れたもんじゃない。テキヤ同士の対立もあるみたいだしな」

「だから？」

「そういう時は、逃げる。死ぬためにやってるんじゃなく、生きるためにやってることだ。佐丸一家のために死ぬなんて、俺はごめんなんだよ」

「よせよ。逃がしてくれやしねえよ。逃げて捕まりゃ、それこそ餅つきだぜ」

「ほかのテキヤと揉め事になったり、華僑が押しかけてきたりすりゃ、餅つきどころじゃなくなる。特に、俺たちが二人きりでなけりゃな」

「どうするんだよ？」

「それを、考えてる」

考えは、ほぼまとまりつつあった。金はあるのだ。大人たちが眼を剝《む》くぐらいの金が、すでに集まっている。それにはまったく手をつけていないし、持っていることを知っている者もいない。

「おまえが考えた通りのことをやって、まずかったことはねえ。俺は、考えるのはおまえに任せることに決めたんだ。この間、命を預けるって話をしたよな。あれはなしだ。おまえの考えに、運を預ける」

「そうか」

「ひとつだけ、言っとくぜ。言っといた方がいいと思うからよ。肚の中で思ってるだけじゃ、おまえとの付き合いじゃよくねえと思うんだ」

幸太が、闇の中で身を起こしたようだった。

「広一っていう、あの浮浪児をぶん殴った時のことさ。おまえの殴り方、好きにゃなれなかった。佐丸の若い衆と変りなかったよ。俺も殴ったんだ。だからこれ以上言う気はねえ。ただそう感じた。感じたことは、言った方がいいと思ってよ」

「怕かったんだ。俺も、餅にされるような気がして」

ほんとうに怕かったのかどうか、自分でもよくわからなかった。観念してしまった。やらなければならないとわかったので、ただ思いきってやってしまった。そして、手が汚れたと思った。

「感じただけだ。気にしねえでくれ。俺は黙ってることができねえんだよ」

「わかってる」

眼を閉じた。闇は変らなかった。

幸太がいやだと感じたのは、よくわかる。そういう人間だった。幸太のそういうところが、嫌いになったり好きになったりする。

しばらく、風の音を聞いていた。そのうち眠ったようだ。

夢を見た。途切れ途切れで、脈絡はなかった。親父の顔が出てきたかと思うと、岡本の顔に変った。疎開さきから東京に戻った時の、焼野原の情景も鮮やかに浮かんだ。

それだけだった。眼醒めた時、少し汗をかいていた。孔雀城には、あまり風が入ってこない。冬はその方がよかったが、夏は耐えられないほど暑くなるかもしれない。

幸太の、規則正しい寝息が聞えた。もっと怕い夢だったと思い、なんとか思い出そうとしたが、親父の顔が浮かんでくるばかりだった。

また眠った。

眼醒めた時は、眩しすぎるほどの光が、天井から射しこんでいた。躰を起こし、パンツひとつになると、良文は外に出てしばらくロープを振る練習をした。びゅっと、空気を裂くような音がするようになっている。下から上へ振りあげた時もそうだ。十五分ほどそれを続けると、躰は汗まみれになり、眼は完全に醒めた。五分ほど歩いたところにある井戸へ行き、バケツで水を汲み出して汗を流した。その井戸は、古い工場跡らしいところにあって、金を隠す場所を捜している時に偶然見つけたのだった。ポンプはふっ飛び、ロープをつけたバケツを降ろして汲みあげるしかなかった。木の板を集めて蓋を作り、ふだんはそれを被せている。

闇市で買った歯ブラシも持っていた。歯磨粉まではないので、塩がその代用だった。着るものは、古くてもいつもきれいに洗濯していた。いやがる幸太にも、そうさせた。浮浪児狩りから逃れるには、それが一番よかった。浮浪児狩りの連中は犬みたいなもので、黒く垢《あか》で汚れた姿と、躰から発している匂いで、浮浪児かどうか見分けるのだった。

躰を洗っていると、お互いの躰に多少の変化があることに気づく。陰毛が生えはじめているのだ。良文のものより、幸太の方が量も多く色も濃かった。お互いにそれに気づいても、なんとなく恥しくて言わない。

「今日の夜、六本銀座へウイスキーを持っていく。手伝ってくれ」

「高く売れるのか？」

「市場と同じぐらいさ。そのあと、ちょっとばかりやりたいことがある」

良文は、いつもやることを幸太にあまり説明したことがなかった。説明が面倒だということもあったが、やってみるまでどうなるかわからないことが多かったのだ。

「武器は？」

「持ってきてくれ。多分、使うことはないだろうと思うけど。俺たちは十五だ。そのつもりになってついてこいよ」

幸太は、あまりしつこく、なにをやるのか訊いたりはしない。信用した相手に、すべてを預けてしまう。その傾向は前から強かった。暴れる時だけは、自分のやり方を押し通す。そして十三歳の少年とは思えないほど、強かった。

「おまえのロープ、使えそうだな。そんな気がしてきたぜ」

「いつか、試してみるさ」

服を着て、市場へ出かけた。

4

晴れている日の方が、売行がよかった。いつもと同じ量が、昼すぎには売切れた。

倉庫へ行ってみたが、鍵がかかっていて小野もいなかった。仕方なく、店へ戻った。

岡本が歩いてきて、箱の中を覗きこんだ。

「売切れかい？」

良文は、ポケットから封の切っていないキャメルをひとつ出し、差し出した。にやりと笑って、岡本が手を出す。爪がのびていて、黒い垢が溜っていた。

「とっといてくれたのかい？」

「毎日のことですからね。今日は、どういうわけか売行がよくて」

「雨がひどい時に、誰も外へなんか出たくないもんさ。きのうの分まで売れたんだろう」

いつものように、ふらりと歩き去っていくかと思った岡本が、店の中に入ってきた。暑い日でも、くたびれた国民服姿のままだ。汗ひとつかいていなかった。

「ここで油を売っても、商売の邪魔にはならんだろう。なにしろ、もう売る物がないっていうんだから」

笑った岡本に、幸太が木の箱を勧めた。

「あの棒っきれ、どうした。刀みたいに腰に差してたやつさ」

「やめました。代りに木刀をこの下に隠してます」

「持ち歩ける武器はないのか？」

「いまのところ」

「商売するのに、ほんとは武器なんかいらんはずだよな」

キャメルの封を切り、岡本はジッポで火をつけた。使いこんで、角には真鍮《しんちゆう》の色が出はじめたジッポだった。こいつが大量に手に入れば、やはり高く売れるだろうか。

「岡本さん、家はこの近所ですか？」

滅多に、岡本に質問などしたことはなかった。どこかに、それをさせない雰囲気があるのだ。岡本は煙を吐き、ちょっとほほえんで良文を見た。

「寝る場所が家だよ。近い時もあれば、遠い時もある」

「俺たちと、同じですね」

「佐丸さんの家で、住込みの修業をしようなんて気はなさそうだな。あれも、なかなかつらいもんだ」

「小野さんに使って貰ってますが、佐丸親分とは口も利いたことがないんですよ」

岡本はそれ以上なにも言わず、煙を吐きながら通りを見ていた。人は多い。みんな暑そうで、それでもなにかを大事そうに抱えたりしている。

「ここから眺めると、ずいぶんと通りも違って見えるもんだ」

岡本が呟いた。むかいは服屋や毛布屋や生地屋が並んでいて、隣りは魚屋と握りめし屋だった。歩いてみると、売ってないものを探す方が大変なくらいだ。そのくせ、飢えた人間は沢山いるのだった。

金を出せばなんでも買えるが、その金が半端ではなかった。品物を売っていると、それがよくわかる。ウイスキーも缶詰も煙草も、はじめに売出したころよりずっと高くなっていた。その値段は小野が決めるのだが、決して法外というわけではないらしい。

木刀はどう使えばいいのだ、と幸太が質問した。学校で剣道を習っただろう、と岡本は答えた。幸太も、岡本がどこか特別な人間なのだ、と思いはじめたようだ。

誰かが、サッカリンを盗もうとしたということで、佐丸一家の若い衆が引き摺《ず》っていった。中年の、眼鏡をかけた男だった。

盗まれるのは大抵食い物で、だから食い物以外の物を売っている店の人間は、それほど警戒してはいなかった。たとえば服をかっぱらう。その方がこの市場ではやさしそうだ。それから、服を食い物に替えればいい。

しかし食い物が欲しくて盗む人間に、そんなことを考える余裕はなさそうだった。腹が減り、心の中でなにかが切れて、夢の中でやるように手を出すに違いなかった。

「坊や、木刀貸してくれんかな」

「木刀を、ですか？」

言われた幸太は、棚の下に手を突っこんだまま、ちょっとためらう仕草を見せた。

「佐丸一家のものなんですけど」

「なら、俺がなくしたと言えばいい。なくしはしないがね」

喋りながら、良文に細長い布の包みを渡し、岡本は遠くを見るような眼で通りを見ていた。幸太が、岡本に木刀を渡す。岡本はそれを両手で持って地面につき、手の甲に顎を載せた。手渡された布の包みは、横笛かなにかのような感じだが、もっとずっと重たかった。

通りで騒ぎが起きた。盗みではない。人が、追い立てられるように店の前を走っていく。警察の手入れでないことは、店の人間が品物を放り出したままであることでわかった。

刀を振り回している男がいた。復員軍人だろう。無表情で、切先が地面に届くようにぶらさげた刀を、時々すごい勢いで振る。その瞬間だけ、無表情な顔が鬼のようになった。

岡本は、同じ恰好でそれを眺めていた。佐丸一家の若い衆が取り押さえようとしているが、振り回される刀に及び腰だった。ひとりは、肩から血を流している。その血が、逃げ回りながらも見物をやめようとしない人々を、さらに興奮させていた。

岡本が腰をあげたのは、男が店の前まで進んできた時だった。杖《つえ》をついた老人のように、岡本はゆっくりと男に近づいていった。斬られるために近づいている、としか思えなかった。二人の距離が三メートルほどになった時、男の動きが一瞬止まった。岡本は、同じ歩調で歩き続けている。刀を振り回している男が、見えないとでもいう感じだ。切先が届く、と良文は思った。男の手が躍り、白い光が明るい陽射しの中を走った。岡本の上体が、軽く後ろに反るのを、良文はかろうじて眼で捉えた。次の瞬間、岡本は一歩踏みこみ、下から木刀を跳ねあげていた。男の刀が宙を飛んだ。そのまま反転してきた木刀が、男の肩を打つ。骨が砕けるような、鈍い音がした。気づいた時、男はうずくまって呻いていた。岡本が踵《きびす》を返し、店の方へ戻ってくる。

「いい木刀だ、これは。一分も違《たが》わず、思った通りに動いてくれる」

岡本は、もう木刀を杖のようにしていた。左手で良文に預けた包みを受け取り、国民服のズボンに差した。細い刃物だろう、と良文は思った。

佐丸一家の若い衆が、男を蹴りつけている。倒れたまま動かなくなった男が、まるで荷物のように引き摺られていった。

「すげえ」

返された木刀を受け取り、幸太が言った。岡本は、なにもなかったように、木の箱に腰を降ろした。ジッポの音がし、煙草の煙が流れてきた。

「剣道何段なんですか、岡本さん」

「俺は、剣道なんてやったことはない。戦場で、人の斬り方を覚えただけだね」

「でも、いまの木刀の使い方は」

鮮やかすぎるほどの木刀の扱い方を見て、幸太は興奮しているようだった。

「人を斬る。剣道なんかじゃできんことさ。度胸だけだよ。度胸さえ据えりゃ、相手の動きはよく見えるもんだ」

「そういうもんですか」

「あんなのはいけねえな。女子供がいるところで、段平《だんびら》を振り回すってのは」

「腹が減ってたんですよ、多分」

良文が言うと、岡本はちょっとかなしそうな眼をむけてきた。煙がゆっくりと吐き出される。岡本の顔に一瞬ぼんやりと霞《かすみ》がかかったようになり、それからはっきりした。

「腹が減ってるのは、みんな同じだ」

「でも、要領のいいやつと悪いやつの差は出て、それで自棄《やけ》になったんじゃないかと俺は思います」

「良《よし》とか言ったな。おまえが要領が悪そうには思えないがね」

「要領はいいですよ」

「じゃ、要領が悪いやつのくやしさなんて、わかりゃしないじゃないか」

岡本は、かすかにほほえんでいた。要領が悪いといえば、この男ほど要領が悪い人間もいないのかもしれない、と理由もなく良文は思った。

「ロープ、どれくらい使えるようになった、良？」

「下から振りあげられます。毎朝、三百回は振ってますから」

「あとは度胸だけか」

言って岡本は腰をあげ、煙草を捨てて歩み去った。岡本が捨てた煙草を、素速く初老の男が拾いあげていく。しけモクの巻き直しでも、それが本物の葉なら、かなりの値で売ることができるのだ。

「おまえ、岡本さんのやり方が気に食わねえみてえだな、良」

「恰好がよすぎる。そんな気がしただけさ」

「恰好がいいのが悪いのかよ。おまえ、時々妙なことを言いやがるな」

木刀を持ったまま、幸太は店の裏に出ていった。素振りをするつもりらしい。

良文は、岡本が腰かけていた箱に腰を降ろした。店を覗きこみ、なにも品物が並んでいないので、舌打ちをしていく客が多かった。刀を振り回した男など、もういたのかどうかもわからない。

汗をかいた幸太が戻ってきた。

「おまえ、俺と勝負してみねえか、あのロープでよ?」

「馬鹿なことをやる気はない」

「岡本さんは、どうもおまえのロープの方を認めてんじゃねえかって気がする」

「変ったものだから、面白がってるだけさ。腕力で、おまえに勝てるとは思ってない」

幸太は、前から喧嘩をよくやったというだけだ。そして、自分が強いとまわりの人間に認めて貰いたがる。

「おまえには、これからその腕力を生かして貰わなけりゃならないんだぞ、幸太」

「わかってる」

なにをやるかは、すでに幸太に伝えてあった。任せたと言っただけで、幸太は自分の意見を言わなかった。大将になれ、という良文の言い方には、悪い気はしなかったようだ。

良文は、店を出て佐丸一家の倉庫へ行き、そこで餅つきなどが行われていないことを確かめ、それから小野を捜した。小野は、市場の外にある小さな事務所で、若い女四人と喋っていた。若い女を集めてはどこかへ連れていく、という仕事もしているのだ。品物が全部売れたので店を閉めてもいいか、と事務所の外から良文は訊いた。女たちが良文の方を見た。全員がモンペ姿だ。時々、この事務所には、びっくりするほどきれいな女がいる。見たこともないような、花柄の服を着て、口紅を塗り、爪も赤くしている。

小野が出てきて、帳面と金を照らし合わせた。

「今日は、みんな金を使いたがるような日なのかな」

小野は上機嫌だった。払ってくれた日当はいつも通りだが、あまりしつこく調べようとしなかったのだ。

店へ戻った。

幸太が岡本をつかまえてきて、木刀の扱い方を教えて貰っていた。小野と違って、岡本は市場のどこかで必ず見つかる。

「強くなって、戦争にでも行こうってのかい、幸太。つまらねえよ。強くなるより、頭が回るようにした方が勝ちだな」

「いまはね、頭も回って、強くもなきゃなんないんですよ、岡本さん。俺たち二人は、そんな感じですね。良はそこそこに頭が回るし、俺はそこそこ強い。それで、そこそこ生きてこられたようなもんです」

「そこそこか」

岡本がそこそこに生きてきたのだ、とは良文にはとても思えなかった。幸太が、木刀を杖のように持ち、下から上へ振りあげる恰好をした。

「いつでも、下から上ですね、岡本さんの」

言った良文を見て、岡本がにやりと笑った。前歯が腐りかかっている。岡本は煙草に火をつけ、遠くを見るような眼をした。眼の前で木刀を構えている幸太は見ていない。

「岡本さん、さっき木刀じゃなく本物の刀持ってたら、あいつどうなりました？」

「本物の刀なんか持たんよ」

「なんでですか。本物の刀と木刀じゃ、やっぱり本物の方が有利でしょう？」

「心理的には、不利だろうさ。人間の心ってやつは、簡単に人を殺せるようにはできてない。なにかが心の中で切れちまった時は別としてな」

「あいつは、切れてましたよね」

「だからって、こっちまで同じになれるってわけじゃないんだ。佐丸さんの若い者《もん》も、人を殺すのが平気だと思ってりゃ、あんなに逃げたりはせんよ」

「でも、餅つきは威勢がよかったですよ」

「闘いじゃないからね」

幸太は、まだ木刀を振っている。幸太の額の汗が、夕方の光線を照り返して、キラキラと輝いていた。岡本のズボンには、やはり布の包みが差されている。その重さを、良文は思い出した。

「おまえの親父、どこで死んだ？」

「わかりません。行ったのは南方で、戦死の知らせは入っちゃいないです」

「戦死しなくても、病気でやられる。南方の戦線はそうだったらしい」

幸太は、意地になったように木刀を振り続けた。岡本は、見る気はなさそうだが、すぐに立ちあがりもしなかった。

5

ウイスキーを二本だけ持って、良文は酒場の裏口に立ってマスターを呼び出した。残りの四本は、幸太がリュックに入れて担いでいる。ウイスキーなどを持っていると知れたら、おかしな気を起こす大人がいるかもしれないので、買出しの芋でも担いだような恰好で、路地の奥に身を潜めているはずだ。

「本物だな、こいつは」

マスターは瓶を調べるだけでなく、封を切って一本の中身まで調べた。

「どこで手に入れた？」

「そりゃ言えません。とにかく金を払ってくださいよ。特に一本は、封を切っちまったんだから」

「二本とも買うさ」

奥へひっこんだマスターが、茶色の革鞄を持ってきて、中から金を出した。百円札が十五枚と十円札が六枚。受け取って数え、良文はすぐにポケットに突っこんだ。

「まだあるなら、買ってもいいぜ」

「言っておきますよ」

「つまり、おまえらのものじゃないってことか。こいつを出してる人と、会えないか？」

「俺の姉です。パンパンやってましてね。ＰＸのもんが、時々手に入るんです」

「じゃ、入ったらここへ持ってきなよ。もうちょっと色をつけてもいい」

「わかりました」

良文は、そこで切りあげて踵を返した。

路地の入口で口笛を吹く。幸太が出てきた。リュックからまた二本出し、別の店へ持っていった。そこは百円札を十六枚くれて、釣りはいらないと言った。だから、また手に入った時は持ってこい、という意味らしい。

三カ所を回った時、良文のポケットは札でふくれあがっていた。それを四つに分け、二人でそれぞれ左右のズボンのポケットに入れた。

新橋駅前の闇市がまだやっていた。

そこで、パンと缶詰を買いこんだ。かなりの量だが、片方のポケットの金で充分すぎるほどだった。買ったものは全部、幸太のリュックにつめこむ。

「ここからが、鼻の利かせどころだぜ、幸太」

「任せろって。ひとり捕まえりゃ、そこから手繰って十人や二十人はすぐ集められる」

「十人でいい。そう言ったろう」

「集まってきたやつの中から、度胸の据ってそうなのを選べばいいさ」

十分ほど、幸太が先導して歩いた。

人は多く、明りは少なく、食物の匂いのする場所。選んで歩いた。良文はポケットにロープをしのばせているし、幸太はリュックの中に短い鉄の棒を入れていた。

ひとり、見つけた。きのう良文に三円巻きあげられた少年だ。良文の顔を見ると、やはり怯えの色が走った。逃げ出そうとする。その時、すでに幸太が後ろに回っていた。

「きのうは、悪かったな」

少年はうつむいたままだった。同じ歳ぐらいだろうか。

「新橋じゃ、食っていけんのかい？」

少年は答えなかった。ドロのようになった破れたシャツ。膝が裂けたズボン。足が二つは入りそうな編上靴。すぐにでも、浮浪児狩りにやられそうだ。

良文は、十円札を一枚少年の手に握らせた。

「こりゃ、きのうのお釣りだ」

少年は、良文と十円札を交互に見較《みくら》べた。まだ無表情のままだ。

「きのうは、おまえらの懐具合を確かめてみただけさ」

「だけど」

少年が、はじめて口を利いた。

「俺たちが、佐丸一家の者だとは思うなよ。あそこの店で働いて、小遣を稼いでるだけなんだ。広一ってやつを殴ったのは、金を狙われた俺たちに対する、佐丸一家の罰さ」

「死んだよな、広一さん？」

「多分な。あいつが仕切ってたやつらは、もうバラバラか？」

「みんな、新橋や新宿へ流れた。あんなとこ、おっかなくていられない」

「食えるのか？」

「二人、三人とつるんで、かっぱらいなんかしたけど、もう三人も浮浪児狩りにやられちゃったよ」

「だろうな。広一ってのは、確かに頭を使うやつだった。あいつの下にいたら、かなり安全だったろうさ。それでも、最後は佐丸一家のものを狙うなんていう、馬鹿な真似をおまえらにさせちまった」

「金が要る。広一さんはそう言ったよ」

「狙いが悪いと言ってんのさ。金は、かっぱらってると、いつかはああいう目に遭うんだ。大人は馬鹿じゃない。甘くもない。金が要るなら、稼がなけりゃならないんだよ」

「どこに、仕事があるんだよ？」

　はじめて、少年の顔に感情らしいものが浮かんだ。

「佐丸一家の店番にありついたやつにゃ、わからないだろうさ」

「俺たちも、同じだ。おまえらと同じだよ。施設から脱走してきたし、芋一個にもならない金で、大人にこき使われたりした。それで、頭を使うことを覚えたんだ」

「親もいるんだろう、どこかに？」

「浮浪児だった、と言ったろう。いまでも浮浪児さ。おまえらみたいに、汚ない恰好をしてるのだけが、浮浪児じゃない」

「汚ない恰好をしてちゃいけない、と広一さんも言ってたよ」

少年の顔に、ようやく感情が豊かに浮かぶようになった。かなしい方の、つらい方の感情だけだ。それでも、こちらにむかって警戒心を緩めていることはわかった。もともと奪われるものは、命しかないはずだ。

「この十円」

「いいんだよ、とっとけよ」

「俺、めしを」

「待てよ。食い物ならたっぷりある。人のいないところで、リュックの食い物を分けてやるよ」

歩きはじめると、少年は付いてきた。やはり、失うものは命しかなく、それもひと時の食欲を満たすことの方が大事になっている。食物があることを、リュックの中をちょっと覗かせて見せてやった。

崩れたビルの隅だった。薪《まき》が集めてあり、焚火ができるようになっている。もっとも、夏のこの時期に、焚火など必要ではなかった。

「俺は、幸太ってんだ」

腰を降ろすと、幸太が口を開いた。

「良とつるんで、なんとかうまく商売をやってる。この間みてえなことも、時々あるけどな。俺たちゃ、佐丸一家の身内じゃねえ」

少年が頷いた。良文が言った時より、ずっと素直に受け入れたようだ。思った通り、幸太にはどこか人を包みこんでしまうところがある。

「俺たちと、うまい具合にやらねえか。そんなに人数はいらねえ。せいぜい十人ってとこかな。それで一家作って、商売やって、みんなひもじい思いをしなくても済むようにするんだ」

言いながら、幸太はリュックからパンと缶詰をひとつ出した。少年がパンに食らいつく。幸太は、闇市で買った、ナイフに付いた缶切りで、鯨の缶詰を開けて少年に差し出した。

少年は、貪《むさぼ》るようにパンと缶詰を食い尽した。缶詰に残っている汁まで、パンできれいに拭っているようだ。

「おい、腹がくちたら、名前ぐらい名乗るもんだぜ」

「安夫」

「いくつなんだ？」

「十二だよ」

「俺たちより、二つ下か」

十四歳を装うことは、話合って決めていた。年齢など、ほんとうはどうでもいいのだ。みんなが、こいつに付いていこう、と思えればいい。さらに、強ければもっといい。幸太はうってつけだった。

「おまえ、仲間を何人ぐらい集められる？」

「二十人ぐらいは」

「多すぎるな」

良文の方を、安夫はあまり見ようとしなかった。二十人では、どう考えても多すぎる。十人以内だ。それを絞りこむのは、集まった連中を見てからでも遅くないかもしれない。

「いますぐ、集められるのは？」

「いますぐだって、十四、五人は集められるよ。その気になれば、五十人だって集められるかもしれない。みんな、食い物があるところなら集まってくるよ」

「十人でいい。あんまり小さいやつは駄目だ。十五を越えたやつもな。おまえと同じぐらいの歳のやつだけ、集めてくれ」

「いま、すぐに？」

「ここに、十人分ぐらいの食い物はある」

良文は、リュックの口を開けて、中のものをいくつか取り出した。

安夫が腰をあげようとする。

「この間、佐丸一家の若い衆にやられた連中は連れてこい。俺ゃ、別に広一ってやつを叩きたくて叩いたんじゃゃねえ。良も同じさ。いいか安夫、やり方の汚ねえやつは駄目だ。卑怯《ひきょう》な真似をしたことがねえってやつだけ、選んで連れてこい」

「わかった」

幸太に答える時の声は、良文に答える時とどこか違い、弾んで聞えるような気がした。三十分ほど、そこでうずくまって待っていた。もう、なにも喋らなかった。ひと通りの考えは、朝からずっと店番をしながら幸太に話してきたのだ。

安夫が、闇の中から姿を現わした。良文と幸太は、薪を燃やして小さな焚火を作っていた。

ふりむき、安夫が闇にむかって手招きをする。五、六人の少年が、臆病な動物のように姿を現わした。

「浮浪児狩りが来て、新橋から二十人ばかり連れていかれた。いま集まってるのは、逃げきった連中ばかりだよ」

幸太が、火のまわりに腰を降ろせと、身ぶりで示した。みんな同じ年頃の少年だった。佐丸一家の倉庫にいた少年が、二人混じっている。

「とにかく、食えよ、おまえら」

幸太が、ひとりひとりにパンを配った。缶詰を五つ開ける。声にならないような声が、少年たちの間からあがった。

しばらくは、みんななにも喋らず貪り食っていた。こうなっていたはずだ。自分も幸太も、ほんとうならこうなっていた。ならなかったのは、ちょっとした運があっただけに違いない。

安夫も入れて、六人の少年。その中の三人は、佐丸一家の倉庫での餅つきを見ている。

良文は、五人に十円ずつ配り、ついでに百円札の束をひとつ見せた。少年たちが、首を突き出すようにして良文の手もとを見つめた。

「ほかにもある。いいか。こいつは、食い物を買うための金じゃない。商売をするための金さ。食い物を買うための金は、自分で稼ぎ出すんだ」

百円札の束を、ポケットに押しこむ。それからひとりずつの名前を訊き、およその躰の大きさを測った。なぜそうされるのか、少年たちにはわからないようだった。

「明日、俺が闇市で新しい服を手に入れておく。まず第一に大事なのは、浮浪児に間違えられて、施設送りにされないことだ。そのためには、おまえらのボロは捨てろ。明日までに、どこかで躰もきれいに洗っておけ。石鹼が一個だけある。それを安夫に預けておく」

焚火の炎に照らされた顔が、みんな同時に頷いた。

「いいか、おまえら。こんな世の中じゃよ、ひとりじゃ生きていけねえ。俺と良は、二人で組んで、ひもじい思いをしなくて済むようになった。だけど、このままじゃジリ貧ってやつよ。ちゃんと商売をするためにゃ、二人じゃ無理だ。だから、おまえらを仲間に誘ってる。ほんとうの仲間になれるかどうかは、一度商売をやってみてからだぜ」

幸太も、いざとなると演説が下手ではない。一対一で喋ると、もっと人の心を動かすはずだ。

明日、会う場所と時間を決め、六人を帰した。どこへ帰っていくのかは、知らない。またここへ戻ってくるのかもしれない。

「最初は、六人ぐらいがちょうどいいな」

「佐丸一家にバレねえようにしなくっちゃな。俺は、餅にされたかねえ」

「心配するな。はじめは、バレたっていいようなものしか扱わないからよ。そのうち、大きな商売をやればいい」

「どこから出てくんだ、そんな考え」

「生きたいと思うからさ」

良文と幸太は、焚火を消し、海の方にむかって歩きはじめた。新橋から深川の工場地帯まで、歩くと意外に近かった。

「孔雀城のことは、ずっと内緒だ。わかってるな、幸太」

「やつらが、ほんとの仲間になってからでもか？」

「やつらとの仕事で稼いだものは、みんなのもんさ。孔雀城にあるものや、ためこんだ金は、二人だけのもんだぜ。人に施しをするほど、俺たちは豊かじゃない」

「わかってる」

孔雀城の品物は、かなり少なくなり、かわりに札が増えていた。子供では、触るどころか見ることもできないような金だ。

「あれは、俺とおまえのもんだ」

確かめるように、幸太が言った。

第三章

1

佐丸一家の倉庫の品物は、減りもしなければ増えもしなかった。時々ごっそりと減っているが、翌日には大抵補充されていた。良文と幸太が店で売る量は高が知れていた。トラック二台分の品物を全部売ったとは思っていないが、かなりの量は店で売ったはずだ。そのほかに、良文たちにはわからない、品物の流れもあるようだった。

六人の少年たちを、市場には入らせなかった。

孔雀城から十五分ほど離れた工場跡に、小さなバラックを建て、そこをねぐらにさせた。着る物と食べ物は一応あって、それだけでも恵まれているという世の中だったが、バラックができると、六人ともいい家庭の子供のように穏やかな顔になった。

行動は、三人ひと組だった。まず、群馬や栃木への列車の切符を手に入れる。それが手に入ると、庖丁《ほうちょう》や鍋などを買いこむ。それを持っていって、米や野菜に換えるのだ。戦争中に、金物は全部供出させられていて、食料をふんだんに抱えた農家でも、そういうものは不足していたのだ。

リュック一杯に、米や芋を入れる。それを担ぐのは二人で、もうひとりは見張りと、警察が現われた場合の囮《おとり》だった。だから、衣類や骨壺《こつつぼ》や本が入ったリュックを担ぐ。そいつだけが、目立つように逃げるのだ。

二度捕まった。骨壺を東京の墓に納めに行く。そう言うと、警官はさすがになにも言わなかった。その間に、食料を担いだ二人は逃げる。

経済警察と言われる連中が時々出現して、せっかく買い出してきたものを没収してしまう。連中は大抵上野の駅で待っているから、上野の手前で降りて、長い道のりを歩いて戻ってくるのだった。それでも、みんな生き生きとしていた。食料は、闇市で店を持っている人間に、相場で買って貰う。勿論、闇市の相場だ。それは料理されて、闇市に並ぶことになる。それほど大きな儲けではなかったが、確実で、八人の少年が食べるには充分だった。

少しずつ、蓄えもできた。蓄えは、金ではなく米だった。金なら、良文と幸太が稼いだものが、使いきれないほどある。

せめて、十七、八になっていれば、と良文は何度も思った。そうすれば、手に余るほどの金も使うことができるだろう。子供が札束を振り回すと、いくらなんでも怪しまれてしまう。一度で使えるのは、せいぜい数百円までだった。

六人の少年も、良文たちと同じようにズックの靴を履くようになり、頭はきれいに刈って、着ているものも清潔だった。浮浪児狩りと出会っても、平然としていれば素通りしていった。

「なんとなく、うまく運んでるな」

「充分じゃねえか。一つの班が四回。合計で八回買出しに行って、一度もおかしなことは起きてねえ。やつらも、いま以上の生き方ができるとは思ってねえんだ」

「なら、いいがな」

うまく運びすぎていた。どこかに、落とし穴があるような気もする。その不安を喋ったところで、幸太は笑うだけだろう。

絶対に安全だと確認できれば、孔雀城の中でただひとつ売り捌けないで残っている、羊羹を取引の道具に使うつもりだった。甘いものは、農家でも不足している。服や時計などよりも、羊羹一本の方が効果があることは、すでに調査していた。

「あっちへ行ってろ、和也」

良文は、幸太のそばへきた少年に言った。まだ七歳で、仕事には使えない。店さきの缶詰をかっぱらったのを、幸太が捕まえたのだ。なにを考えたのか、幸太は和也にめしを食わせてやった。すると、毎日幸太のところへやってくるようになった。追い払おうとした良文を、幸太が止めた。ちょっと口論になったが、幸太は頑として譲ろうとしなかった。

幸太の性格は、知り抜いている。あまり多くはないが、意地を張りはじめたら、よほどのことがないかぎり押し通してしまう。

良文は、幸太の気持の中に借りの意識を植えつけると、あっさり妥協した。大して商売に影響があることではなかったのだ。

和也は、烏城《からすじょう》と名付けた少年たちのバラックに住み、毎日店へやってくる。市場には入れないことにしている少年たちの、連絡係のようなものだった。朝やってくると、夕方まで幸太のそばにいて、幸太がなにか言うのを犬のようにじっと待っている。幸太が店から出る時は、自分の背丈ほどの木刀を抱えて、後ろから付いていく。幸太以外の人間の言うことは、あまり聞こうとしないのだった。

「なんか、気になることがあるのかよ？」

「民昭が、どうもほかの二人にいろいろ吹きこんでるみたいなんだ」

三人ひと組で仕事をしていると、どうしても頭株ができる。ひとりが民昭で、もうひとりが安夫だった。安夫は、はじめからの因縁もあって、良文や幸太にいろいろなことを報告してくる。佐丸一家の餅つきの場面も、見てしまっていた。恐怖感を、どこかで拭いきれずにいて、それが良文や幸太に対する御機嫌取りの告げ口になるのだ。

「あいつは骨がある。六人の中で、一番骨があるんじゃねえのか」

「だからって、俺たちと違う考えを持っていいってわけじゃない」

「そりゃそうだがよ」

「民昭が裏切るようなことがありゃ、大将のおまえがきちっとしなきゃならないぜ」

「わかってるが、裏切るなんてこと、あるはずもねえだろう」

「なきゃいいのさ。もしそうなった場合のことは、一応考えといた方がいい」

「まあ、考えることは、おまえに任せてるんだ」

幸太は、和也を連れて店を出た。日に二度ほどは、そうやって市場を見回って歩く。店は佐丸一家のものだというのが市場の中では徹底していて、誰も盗みを働こうなどとはしない。隙を衝《つ》いて盗まれないように、商品の入れ物にはガラスの蓋もしていた。

岡本の姿が見えたので、良文はガラスの端に差しこんだ棒でガラスを起こし、キャメルをひと箱出した。

「幸太は？」

「散歩ですよ」

「弟分を連れてか。あいつも、なかなか面倒見がいいじゃないか」

和也に木刀を持たせて市場の中を歩く姿は、小野や佐丸一家の若い衆も知っている。

笑われただけだが、馬鹿にしたような笑い方ではなかった。自分たちと似たようなものを見て、笑っているに違いなかった。

岡本は、もう習慣になってしまったように、店の前で煙草の封を切り、ジッポで火をつけた。八月に入り、さすがに暑くなったので、国民服は脱いで、半袖の開襟シャツを着ている。シャツには、いつも汗のしみが付いていた。ズボンに差した布の包みが覗いて見える。

「新橋でもどこでも、市場じゃいろいろ事件が起きてるみたいですね」

「気になるのか、おまえらでも？」

「そりゃ、めしの食いあげになっちまうと困りますから」

「関係ねえさ。裏の方でどんなに騒ごうと、売る方も買う方も市場がなきゃ困るんだ」

「小野さんも、ずいぶん忙しそうですよ」

「佐丸はでかくなったからな。このどさくさでのしあがり、昔からの組をしのぐほどでかくなった。小野にゃ、いっぱい仕事があるんだろうさ」

岡本は、煙草を一本喫う間は、立話をしていく。時には店の中に入ってきて、腰を降ろしていくこともある。食べ物に不自由しているようには見えないが、いっそう痩せてきて、顔色も悪かった。

「ここにも、新橋みたいに華僑なんかが押し寄せてくるってこと、ないでしょうね？」

新橋や渋谷では、華僑と警察が、銃の撃ち合いまでやったという噂だった。いまのところ、この市場は平和だ。ただ、倉庫へ行くと、小野ではないほかの人間がいて、帳面と品物を照合することがあった。その男は、市場にいつもいる若い衆ではなく、ある日ふっと現われて、時々小野の代りをするようになったのだ。無駄なことは喋らず、帳面と品物の照合を済ませると、黙って金を出す。

「せっかく平和になったのに、また撃ち合いなんていやですよね。機関銃まで出したって、ほんとかな」

「軍隊のものが、残ってるんだろう」

「最後は、ＧＨＱに頭を押さえられるってわかってるのに」

大人たちの話を聞くかぎりでは、いまはＧＨＱが神様のようなものだった。総理大臣の首も、ＧＨＱの意向で飛んでしまうという話だ。

「おまえら、学校にゃいかんのか？」

「それより、食う方がさきですからね」

「これからは、学のあるやつが勝ちだぜ」

「大したこと、教えてくれませんよ。嘘教えるんです、学校じゃね。戦争に負けりゃ、日本は沈むって先生はずっと言い続けてて、俺なんかそれを信じてました」

「大抵の人間は、それを信じたのさ」

「先生も、信じて言ってたんですかね？」

「そうだろうよ」

「じゃ、いま信じて教えてることも、間違ってるかもしれないですね。ほんとのことがなんなのかは、自分で知るしかないじゃないですか」

「わからんね、俺にゃ」

「自分で知るしかないんだって、俺は思ってますよ」

良文が言うと、岡本はまた遠くを見るような眼をして、ちょっと笑った。

岡本が、南方の戦線から帰ってきた兵隊だということを、良文はまったく知らない人間から聞いた。その人間は店の客で、缶詰を二つ買っている時、岡本がやってきたのだ。懐しそうに話しかける男に、岡本はちょっと眼をくれただけだった。

軍曹でね、あの人は。男は、黙って立ち去っていく岡本の後ろ姿を見つめながら、思いを押さえきれないように良文に言った。すぐに、上等兵に降格されちまう。上官を殴ったりするんでね。ところが夜襲なんかあると、大手柄を立ててまた軍曹だ。何遍、軍曹と上等兵を往復したのかな。わしらみたいな下の者には、絶対手を出したりしない人だったね。浅草かどこかの、有名なやくざだって噂だったが。

男の口調の中には、大親分になっていて当然なのに、という響きがあった。

「ロープは、どれぐらい使えるようになったんだ、良《よし》？」

「わかんないですね。試す機会ってやつがないんですよ。ポケットにいつも入れてて、なにかあったら使おうと思ってんですが」

「使わねえにこしたことはないさ。いつでも使える。そう思ってりゃ、かえって使わなくても済むものなんだ」

短くなった煙草を捨て、岡本は歩み去っていった。岡本が捨てた煙草は、いつの間にか誰かが拾っている。

三十分ほどすると、幸太が戻ってきた。

「どうも、おかしな雰囲気だな、佐丸一家の若い衆は」

「どんなふうに？」

「殺気立ってんのさ。店をきちっと守れよ、なんて言われた」

この市場も、新橋や渋谷のようなことが起きるのだろうか。起きたとしても、なんの不思議もない。多分、いろんなことが日本じゅうの市場で起きているはずだ。

「なにかあったら、おまえ、守ろうなんて気になってるわけじゃあるまいな」

「ひもじい思いをしてたのに、この市場で食えるようになった。それを黙ってるってわけにゃいくめえ。この市場にゃ、情ってやつも湧いちまったしよ」

「いいか幸太、市場がどうこうするってわけじゃないんだ。もしなにかあるとしたら、佐丸一家とよその組で起きることさ。やくざ同士の喧嘩だよ。そこに、おまえが首を突っこんでどうすんだよ」

「佐丸一家にだって、世話になってるじゃねえか」

「よく考えろよ、幸太。ここで売ってる佐丸一家の品物は、もともと俺たちが見つけたもんだ。佐丸一家は、それだけでも大儲けさ。ここで働いて貰ってる金だって、よそより高いってわけじゃない」

「俺たちのものを、ここで売らせて貰ってるぜ」

「見つかりゃ、餅つきさ。小野さんがそんなに甘いと思うか」

「じゃ、どうすりゃいいんだ」

「品物だけは守る。俺たちがやらなきゃならないのは、それだけさ」

「わかったよ。おまえの考えは、よくわかった」

「無理に餅つきなんかさせられたこと、忘れるなよ、幸太」

幸太は横をむき、店の裏へ出ていった。木刀を抱えた和也が付いていく。

市場の客が減っていく気配はなかった。以前より、物はさらに溢《あふ》れている。良文と幸太は、市場ではすでにいい顔だった。ちょっとしたものを買う時など、まけてくれる店もある。

幸太が最近覚えたことに、煙草があった。売り物の洋モクではなく、巻き直しの安い物だが、みんなで烏城に集まった時など、幸太だけが煙を吐いたりしている。

食うことさえできれば。そう思っていたのが、ずっと昔のことのような気がした。

2

本郷の、良文の家があったところに、小さなバラックを建てた。

電気は通っていたし、水道がなくても庭の井戸は残っていた。そこを大鷲城《おおわしじょう》と名付けて、良文と幸太が住むようにした。それにしたがって、烏城も近くの焼跡に移した。すでにかなりの数のバラックが建ち並び、生活の匂いは強くあった。

和也が一緒に暮したがったが、ほかの連中の手前それはできない、と良文は言った。幸太も、和也にそう言い聞かせた。

みんな一緒に暮す、ということを幸太は何度も考えたようだ。その度に、良文は幸太と言い争いをした。もともと立場が違う状態で結びついた。それを同じにしようというのは、二人だけでやってきたことのすべてを、無にしようとすることと同じだ。良文はそう言い張るしかなかった。

事実、二人で稼ぎ出した大金がある。孔雀城には、まだ品物も残っている。それに、仲間を沢山集めていることが、佐丸一家に知られると、そのままおかしなことに利用されかねなかった。幸太は、自分が佐丸一家と近くなるのは、むしろ望んでさえいるようだったが、ほかの少年が利用されるのはごめんだ、と思っているようだった。

買出しの方は、順調だった。ただのかつぎ屋というわけではないから、うまくやればそこそこ儲けも大きい。

ある夜、良文はひとりで、浅草橋のめし屋へ出かけていった。店の外から、長時間様子を窺った。買い出してきた食料を入れる店は二軒あって、その中の一軒だった。

この六日間、まったく食料を入れていない。値があがるのを待つために、買い出してきたものは鳥城に蓄えてあるのだ。それが減っている様子はなかったが、なぜかひっかかるものがあるのだ。

民昭が、配下の二人を連れて、勝手にどこかへ出かけていることが何度かあった。幸太は気にすることはないと言ったが、良文はなにかあると睨《にら》んでいた。

浅草橋のめし屋に、材料が不足しているという様子はなかった。もう一軒のめし屋は、材料が半分になって、宵の口にもう閉めている。二日通って、それを確かめた。

鳥城は、田端駅の近くの、戦争前は倉庫があった土地に、バラックを建てたものだった。二日に一度は、良文も幸太も夜遅くまでそこにいる。奥の木箱に収められているのが、蓄えてある食料だ。

秋の収穫前で、米など特に市場では少なくなっていた。だから値があがる。収穫が終れば、米はひと時豊富になって、値が下がる。それぐらいの知恵は、身につけていた。和也も入れて九人が、鳥城に集まっていた。

民昭の班の買出しが、経済警察に捕まり、リュックが三つ没収されたのだ。店にまでそれを知らせにきたのは、連絡係のようになっている和也だった。

店を閉めてから、良文と幸太は烏城へやってきたのだった。

「運が悪かったのさ」

民昭は、二人の顔を見るとそう言った。

いつものように上野の三駅手前で降り、歩いている最中に捕まったという。

「変だな。そんなことあるかな」

「なんだよ、良。俺を疑うのかよ」

「疑われるようなことでもしたのか、民昭？」

「そんなこと、するかよ。とにかく、遭難みてえなもんさ。あんなとこで警察に出会《でつくわ》したんじゃな。逃げる暇もねえってやつよ」

「まあいい。ゆっくり話そう」

烏城に、電気はきていない。ロウソクの明りがひとつだけだった。民昭と組んでいた二人は、じっとうつむいている。

「いいじゃねえかよ、もう。なあ幸太、俺たちはひでえ目に遭って、下手すると施設へ送られかねなかったんだ。それが、こうやって帰ってこれた」

「無事だったのは、よかったと思うぜ、俺も」

幸太が言うと、三人が大きく頷いた。安夫の班は、黙って成行を見ている。

「これからの仕事のこともある。どういうことだったか、はっきりと知っておきたいんだ。でなけりゃ、また起きて、その時はほんとに施設行きかもしれないしな」

「だから、俺が説明してるだろう」

「三人が行ったんだ。三人に訊くさ」

「俺が信用できねえのか、良」

「はっきりと事情を知りたいってことが、信用してないことになるのか？」

「説明は、俺がしてるじゃねえか」

「黙ってろ。おまえには、いまはなにも訊いてない」

「なんだと。良、でかい顔しすぎじゃねえか、おまえ。良も幸太も十三だってことは、俺ゃ大谷に聞いて知ってんだぞ。十四なんて誤魔化《ごまか》しやがって」

「この際、歳なんて関係ないな」

「十四の俺の方が、知恵があるってことよ」

「なのに、なぜ捕まった。捕まらなくても済む方法を、せっかく考えてあるのに、なぜ捕まった？」

良文と民昭のやり取りをじっと聞いていた幸太が、煙草をくわえてロウソクの炎で火をつけた。幸太の顔が、一瞬、闇の中に赤く浮かびあがった。

「まず第一に、なんで骨壺の入ったリュックまで没収されたかだ。経済警察が、骨壺を没収するはずはないからな」

「持っていきやがったんだ、仕方ねえだろう」

「黙ってろ、民昭」

「気に食わねえな、てめえは」

民昭が立ちあがり、それに合わせて良文も立った。次の瞬間、ポケットから引き出したロープを、下から上へ振りあげた。風が起き、ロウソクの炎が消えた。ロープに、したたかな手応えはあった。闇の中で、かすかな呻きが聞える。

良文は、マッチを擦ってロウソクをつけ直した。顔を押さえた民昭が、身をよじって呻きをあげている。指の間から、血が流れているようだ。

「そのままにしとけ」

起こそうとした二人に、良文は低い声で言った。

「それより、質問を続けるぜ。骨壺を持ってたのは、どっちなんだ？」

二人がうつむいた。骨壺は空っぽではなく、砂と犬の骨がつめこんである。ちょっと見ただけでは、人間の骨とは区別がつかない。

「誰が持ってたか、と訊いてるんだ？」

「それは」

「誰も、持っていなかったんだな？」

「待てよ、良。そりゃどういうことだ」

　幸太が口を挟んだ。

「リュックにもうひとつ、食料をつめこんでくる。それは自分たちで勝手に売り捌く。民昭のやりそうなことじゃないか」

「証拠は？」

「浅草橋の食堂だろう、売ったのは。その二人は知ってるはずだ。おまえもコケにされたもんさ、幸太。大将とかなんとか言いながら、後ろで舌出してたんだろうよ」

「俺がコケに？」

「おまえは間抜けで、威張ってるだけのやつと思われたのさ。でなけりゃ、こんな真似ができるわけないだろう」

　幸太が立ちあがった。手をのばし、和也が持っていた木刀を摑む。

「てめえら、ほんとにそんな真似したのか？」

　二人に木刀を突きつけて、幸太が怒鳴った。二人が竦《すく》みあがるのがわかった。こういう威しは、やはり幸太の方がうまい。うまいというより、ほんとうに殺しかねないような迫力がある。

「言えよ、正直に」

「俺たち、民昭に言われて」

「やったんだな？」

「骨壺なんか運ぶの、馬鹿らしいというんだ。民昭が一応班長だし、言う通りに動かないとやられるし」

「殴ったりすんのか？」

「めしをくれなかったりな。俺は頭にきたけど、言うことを聞いてりゃ、いい思いはできたわけだし」

「いい思いってのは、なんだ？」

「そりゃ」

ひとりが口籠《くちごも》った。もうひとりは、ずっとうつむいたままだ。

「なにを貰った？」

幸太が、木刀を床に叩きつけた。風が起きたが、ロウソクの炎は揺れただけだ。安夫の班の三人は、なにも言わずにじっと眼を据えている。

「言えよ。次は頭を叩き割るぜ」

「菓子とか、そんなもんを」

「リュック一杯分の食料を売った金で、買ったわけだな。どれぐらい続けてる」

「五回ぐらい。見つからないし、警官にも捕まらなかったし、絶対大丈夫だと民昭が言うから。正直言って、俺たちだけが菓子を食うのは、悪いと思ったよ。思っても、眼の前に出されると食っちまうんだ」

「よくもやってくれたもんだぜ。俺をコケにしてよ」

「菓子を食ってたのは、悪かったよ。幸太や良文が食うんなら別だけど」

「ふざけるなよ。俺たちは、おまえらと同じものしか食ってねえ。煙草を喫っちゃいるが、おまえらにだってそれが買えるぐらいの金は分けてるはずだ」

「悪かったよ」

泣きはじめた。もうひとりは、うつむいたままふるえている。民昭が、ゆっくりと躰を起こした。出血は鼻からで、大したことはないようだ。

「表へ出な、民昭」

「おい、幸太。どうせ俺たちゃ浮浪児なんだよ。それが商売とかなんとか、恰好つけたって仕方ねえじゃねえか。いまがよけりゃ、それでいいんだよ」

「じゃ、市場でかっぱらいでもして、施設に送られりゃいい」

「もっと自由にやらねえか。なあ幸太、おまえは良とは違う。さきのさきまで考えて、じっと我慢するような人間じゃねえよ」

「束ねてるのは、俺さ。そして俺は、良のやり方がいいと思った。大人が、ガキから奪《と》れるものがありゃ奪ろうって世の中だ。さきのことまで考えてなきゃ、すぐにひもじい思いをしちまう。そのためには、みんなまとまってなきゃなんねえんだよ」

「じゃ、俺を追い出すのかよ。けっ、見損ったぜ。高が菓子ぐらいでよ」

「追い出しゃしねえよ」

「焼き入れるだけか。てめえに焼きが入れられんのか。俺は十四だぜ」

「良に、あっさりやられたじゃねえか。とにかく、外へ行くぜ。みんなも付いてきな。民昭を逃がさねえようにするんだ」

幸太の言い方は、穏やかだった。怒りが躰から溢れそうになった時、幸太の言葉遣いは穏やかになる。ずっと前からそうだ。

外へ出た。

すでに夜が更けて、人の姿は少なくなっている。

十五分ほど歩くと、バラックのない焼跡がある。崩れかかったビルがひとつあって、あとは一面焼野原だ。幸太がみんなを導いていったのは、そこだった。

「いいか民昭。頭にきたからやるんじゃねえ。俺は、仲間にひもじい思いをさせたくねえ。そのためには、決めたことを守らなきゃなんねえんだ。守らねえやつは、俺が決まりをつける」

最初の仕事をする前に、紙に書いた誓いの下に、それぞれ自分の名前を書き、血判を押した。やっていないのは、和也だけだ。その第一に、裏切者は死、と書いてある。

「差しで、俺とやる度胸はねえんだな、幸太」

「あるさ。俺が言ってるのは、それだけじゃ済まねえってことさ」

二人が睨み合う恰好になった。幸太は、木刀を和也に渡している。素手でやる気のようだ。民昭が、ポケットに手を入れた。抜き出した時、手もとで白いものが光った。良文は一歩出た。ナイフ。腰のあたりに構えたナイフを、民昭が突き出す。良文は、ロープを下から上へ振りあげた。白い光。闇の中を飛んだ。音をたてて、ナイフが落ちる。

「どこまで、卑怯なことをやりゃ気が済むんだ、民昭」

民昭が、低い唸《うな》り声をあげ、幸太に頭から突っこんでいった。黒い影が二つ、もつれ合った。倒れ、転がり、また立ちあがる。幸太の拳が、二度続けて民昭の顔をとらえ、民昭の足が幸太を蹴り飛ばした。

睨み合い。またぶつかった。膝を折ったのは幸太の方だった。頭が顎の下にぶつかったようだ。良文は手を出さなかった。幸太は興奮しはじめている。思った通り、幸太は叫び声をあげて民昭に組みつくと、押し倒した。組み合ったまま倒れ、転がり、立ちあがりかけてはまた倒れる。幸太が上になった。拳が、音をたてて民昭の顔に叩きこまれる。

「やめろ」

民昭が言った。幸太はやめなかった。興奮してしまっていて、疲れて息ができなくなるまで、止まりはしないのだ。

「やめてくれ」

民昭が泣きはじめる。そこに、さらに拳が叩きこまれる。民昭が動かなくなっても、幸太はしばらく殴り続けていた。それから民昭のそばに座りこみ、荒れた息を吐いた。すぐには、幸太は口を利けないようだった。何度も大きな息をし、ようやく立ちあがる。和也を呼んで、木刀を握った。それを、倒れて動かない民昭の胸に叩きつける。民昭の手足が、バネに引っ張られでもしたように縮まった。

木刀が、安夫に渡された。安夫は、ためらいもなく民昭の頭に木刀を叩きつけた。血が噴き出したのが、闇の中でもよくわかった。一度だけでなく、三度続けざまに、安夫は民昭の躰を打った。それから、次の者に木刀を渡す。

五人が、民昭を打ちすえた。民昭は、もう低い呻きをあげているだけだ。

「和也、おまえもだ」

幸太が言う。菓子の恨みが大きいのか、和也の打ち方も容赦がなかった。

最後に、良文が木刀を握った。足、腰、腹。渾身の力で打ちすえていく。最後に、顔に木刀を叩きつけた。民昭は動かなくなった。

「野良犬にでも食われろ」

幸太が言った。ようやく興奮が収ったようだ。

民昭の躰はそのままにして、鳥城に引き揚げた。幸太は沈んでいた。ひどい喧嘩をしたあとはいつでもそうだったが、今度のは喧嘩ではなかった。

「三日間、おまえらのめしはなしだ」

民昭の班の二人に、幸太が言う。二人は、ふるえながら頷いた。

「民昭のことは、忘れろ。卑怯な野郎のことで、いつまでもウジウジしても仕方ねえ」

それで終りだった。

翌日、蓄えた食料は、全部売ることに決めた。民昭が、誰になにを言うかわからないからだ。物がなければ、誰もなにもできない。

「どうすんのかな、野郎」

大鷲城への帰り道で、幸太がポツリと言った。

「ひとりで生きていくしかないさ」

「そうだな」

「大将として、おまえは当然のことをやった。気にすることはないんだぜ」

「わかってら」

幸太が涙ぐんでいるのがわかった。良文は冷静だった。やくざがリンチをやる意味が、よくわかったような気がしているだけだ。

3

警察が少年の屍体を収容したと聞いたのは、翌日の午前中だった。叩き殺されていたんだよ、喧嘩でもやったんじゃないのかね。ポケットに、百円札を二枚も持ってたっていうし。そんな会話を、市場で偶然耳に挟んだのだ。

大して気持は動かなかった。その屍体が民昭であることは、ほぼ見当がついた。死んだかもしれないという気は、心のどこかにあったのだ。

聞いたのは、良文ひとりだけだった。幸太にも、それは言わなかった。

いつもの通りの市場だ。浮浪児がひとり死んだところで、なにひとつ変ったりはしない。それは民昭ではなく、自分が死んでも同じだろう、と良文は思った。

和也に木刀を持たせた幸太が、市場をひと巡りして戻ってきた。

「なんか変だぜ」

「なにが？」

「佐丸一家の若い衆が、三人ばかり市場を飛び出していった。なにか起きたってわけじゃねえんだが」

「関係ないよ」

「店がやっていけなくなるじゃねえか、佐丸一家になにかあったら」

「そのために、かつぎ屋の商売をはじめてるんだ。心配することあ、なにもない。むしろ、揉め事に巻きこまれないように、注意してるんだよ」

「わかってる」

市場にまで、佐丸一家の動きは伝わってきていない。ただ、若い衆の姿がなくなったというだけのことだ。

岡本が、いつもの足どりでやってきた。

良文は、キャメルをひとつ渡した。佐丸一家の倉庫からは、毎日信じられないほどの品物が出てくる。しかも、倉庫の中身が減ったという感じはない。

「なにかあったんですか？」

幸太が訊いた。岡本は、いつものように煙草の封を切った。

「佐丸さんが撃たれたらしいな」

「撃たれた？　死んだんですか？」

「命はとりとめたそうだ。ただ、若い者《もん》が殺気立ってる」

「だろうな」

「おまえらまで、殺気立っちゃいかんよ」

「この店、大丈夫ですかね」

「ウイスキーがあるだろう。とすると狙われるかもな。その時は、仕方ないから品物放り出して逃げるんだな」

「弁償しなくちゃなりませんよ」

「命とどっちが大事かさ」

良文は、黙って二人のやりとりを聞いていた。佐丸一家と縁を切るには、いい機会なのかもしれない。もっと混乱が大きくなり、何人も死ぬようなことになれば、小野も良文や幸太のことまで構ってはいられないだろう。

「どこかの組と、揉め事ですか？」

良文は、煙草の入れ物にガラスの蓋をして訊いた。いろんな市場で、揉め事が起きている。食うために自分の領分を守ろうとするのは、大人も子供も同じだった。

「おまえらが知っても、仕方ないだろう」

「気になりますよ」

「どこが相手だかわからんから、若い者《もん》も走り回ってるんだ。これで本家が出てくるようになったら、それこそ派手な撃ち合いにだってなりかねんよ」

岡本は、いつものように煙草を一本喫って歩み去っていった。

午後になると、市場の人通りは次第に少なくなった。店を閉めているところもある。代りに、佐丸一家の若い衆が、四十人ほどやってきて、市場の中を見回っていた。じっとしていても、緊張した空気は感じられる。夕方、どこかで銃声がした。二発続いたが、それ以上は聞えなかった。

早々に、倉庫に品物を運びこんだ。

「もう、店閉めやがったのか」

「客が、いなくなっちまったんですよ。売上げは、いつもとそんなに変りません」

小野は、帳面と品物を照合し、日当を払った。

「おまえら、ここにいろ」

「俺たち、めしを食いにいくんですが」

「握りめしがある。それを食え。とにかく、ここに詰めてろ」

逃げ出す理由を、良文はいくつか思い浮かべた。どれも、嘘とわかってしまうようなものばかりだ。小野が、険しい眼つきで良文と幸太を見た。

「こいつは、帰してもいいですか」

和也を指さして、幸太が言う。

「ガキは邪魔なだけだ。早く帰せ」

幸太は和也から木刀を受け取り、倉庫の出口まで連れていった。和也が、走り去っていく。倉庫の出口に立って、幸太はしばらくそれを見ていた。

「とにかく、この倉庫は守らなけりゃならねえ。ここを襲われるのが、一番まずいんだ」

「どこが、攻めてくるんですか？」

良文は、小野のそばに腰を降ろした。木の箱の上に、コルトが載せてあったからだ。

「見当はついてる。襲ってきそうなとこが、三つばかりある。その中のひとつだろう」

「三つとも、潰しちまえばいいのに」

「なに馬鹿言ってやがる。うちは、いまのしあがっちゃいるが、でかいとこはもっとあるんだ。三つどころか、ひとつだってぶつかるのはきついんだぜ」

「拳銃があるじゃないですか」

「そうよ。ほかのとこより、こういうものは集めてある」

「小野さんのですか、これ？」

「進駐軍のコルトだ。ごつい拳銃だぜ」

「触ってもいいですか？」

「触るだけだぞ。引金に指はかけるな」

コルトを持ちあげた。良文が隠しているものと同じ型だった。使い方はよくわからない。遊底を引いて、引金。それで弾が発射されるはずだが、良文が隠しているコルトの遊底は、いくら引いても動かなかった。

「弾、入ってんですか？」

「いや、弾倉はこっちにある」

「じゃ、引金引いても弾は出ないじゃないですか」

「拳銃ってのはな、そんなふうに使っちゃいけねえんだ。いざって時に、弾倉ぶちこんで、ぶっ放すのよ」

「これ、遊底を引くんですか、最初に」

「好きなのか、おまえ。引いてみな」

遊底を引いた。ビクともしなかった。

「こいつが、安全弁ってやつさ。こいつを降ろさなきゃ、どこも動かねえ」

小野の手が、拳銃にのびてきた。安全弁というやつを降ろすと、遊底は簡単に引けた。ちょっと凄味のある音がする。構える恰好をした。なっちゃいないと言って、小野が直してくれた。握り方、構え方、反動の逃がし方。木刀やロープとは、全然違う武器だ。

若い衆がひとり飛びこんできた。

「来たか」

良文の手から銃をひったくって、小野が言う。

「いえ、親分《おやじ》が」

「死んだのか？」

「そんな。自分も戦争やるって言って、刀を持ち出してきたんですよ。まだ血が止まってねえってのに」

「まわりのやつらは、なにしてる。止めりゃいいだろう」

「斬られそうなんで。本気ですよ、ありゃ」

しばらくして、ざわめきが近づいてきた。市場を歩いているところしか見たことのない佐丸一家の親分が、七、八人に囲まれるようにして入ってきた。腿《もも》に、血の滲んださらしを巻きつけている。

「なんの真似ですか、親分《おやじ》さん」

「俺に鉄砲玉を食らわした野郎を、ぶった斬ってやるのよ」

「無茶やめてくれませんか。俺らが、なにを守ろうとしてるのか、わかってらっしゃるんですか」

「小野よ。喧嘩《でいり》ってのはな、大将が及び腰になった時、負けるんだ。俺がここで刀持ってる。それだけでも違うもんよ」

佐丸一家の親分は、市場を歩いている時とはまったく印象が違っていた。赤鬼のような感じで、声も腹に響くほど太い。しっかりと刀の柄を握りしめ、いまにも抜いてしまいそうな感じだった。

小野は、しばらくうつむいていた。

「わかりました。親分《おやじ》さん、ここにいてください。ただし、動いちゃいけません。動くのは、若い者《もん》のやることですから」

「本家に助っ人なんか頼むんじゃねえぞ。あっちはあっちで大変なんだ」

「わかってます。とにかく、立ってねえでかけてください」

腰かけると親分は急に小さく見えた。もともと、それほど背は高くない。良文と幸太は、壁に背をつけるようにして突っ立っていた。倉庫を見回した親分の眼が、良文のところで止まった。

「こんなとこに、なんでガキがいる」

自分にむかって言われたような気がして、良文はしどろもどろになった。

「こんなんでも、使いっ走りにはなるんじゃねえかと思いまして」

「佐丸がガキまで使って喧嘩《でいり》をした、と言われてえのか。早く追っ払え」

小野が出口にむかって顎をしゃくったので、良文と幸太は頭を下げて外に出た。倉庫のまわりは、二人ひと組になった若い衆が何十人もたむろしている。

「すげえな。ほんとに喧嘩だ。こりゃ、揉め事なんてもんじゃねえぜ」

「関係ないよ。親分がそう言ったんだ。早いとこ離れようぜ」

良文や幸太にまでいろと言ったところを見ると、小野は佐丸一家が不利だと見ているのかもしれない。できることなら、佐丸一家が潰れればいい、と良文は思った。腐れ縁になる前に、逃げ出した方がいいに決まっている。

「俺ゃ、喧嘩見るとワクワクするよ。本物の喧嘩だからな、こいつは」

「だから、そう甘くないってことだ。これで、警察の眼も、こっちへむくだろう」

「だからって、なにか俺たちに関係あんのかい。警察の眼がこっちをむけば、佐丸一家の若い衆が挙げられるかもしれねえんだぞ」

「俺たちからは、眼がそれる。助かった」

早足で歩きながら、良文は言った。

「待てよ、おい。この騒ぎの中で、なにかやらかそうって考えてるのか、おまえ」

「じっとしてるよ。せっかく、俺たちから眼がそれたのに」

「いままで、睨まれてたような言い方じゃねえか、良」

「睨まれることになったはずだ、多分な。民昭が、死んだんだよ」

幸太が足を止めた。

「殴り殺されて転がってた屍体を、今朝、警官が収容したそうだ。ポケットには二百円あったっていうから、強盗じゃないな」

ふり返って、良文は言った。幸太の表情が強張《こわば》っている。頭から浴びせてやった水は、充分に効いたようだ。

「死んだのか。たったあれだけで、死んじまったのか」

「裏切者は死。はじめに決めたことじゃないか」

「殴ったのは、ほとんど俺だ」

「俺も殴ったよ、木刀で」

「俺が最初にやって、一番長くやってた。俺が殺したってことだな」

こうして後悔するのは、いつものことだった。二、三日すると、あれも仕方がなかったなどと言いはじめる。今度は、相手が死んでいるので、後悔の時間はもっと長いかもしれない。

「佐丸一家の餅つきとは、違うよな」

「俺たちが、餅つきをやったってことさ。これは、誰も知らないと思う。ほかのやつらに知らせる必要もない」

「そうだよな。俺や、和也にまでやらせちまったよ」

「小さなガキを入れるのは、だから反対だったのさ。知った時、耐えられなくなる可能性だってある」

ほんとうは、面倒だと思っただけだ。十歳を越えていないと、どの程度のことを頼めるかどうかもわからない。

「俺は、いつも浅墓《あさはか》だよな」

「いいんだよ。黙ってるんだ。小野さんが、俺たちにも餅つきをやれ、と言ったこととはそこが違う。苦しいことだったら、俺とおまえだけで引き受けりゃいいんだ。もともと、佐丸一家の餅つきをやった手なんだから」

「ああ」

　声を詰まらせてそう言い、幸太は何度も頷いた。民昭が死んだらしいと知った時も、良文はそれほど衝撃を受けてはいなかった。生きるためにやった。これから生きていくためにも、民昭のことは中途半端に済ませていいことではなかった。

「噓みてえだよな、良。おまえと二人で、乾パンなんか齧ってたのが。あのころとは較べられねえほど、食い物はよくなった。心の中は、暗くなった」

「仕方ないだろう」

「そうだよな。こうなろうと思って、やったわけじゃねえ。生きなきゃならなかったんだ。それだけだったんだ」

　烏城に行った。

　和也も含めて六人が、待っていた。およその話は、和也が喋ったらしい。二人の顔を見て、みんなほっとしたようだ。

「心配はいらねえよ。市場が駄目になったって、かつぎ屋の仕事がある。仲間がひもじい思いをしなくて済むように、あの仕事があるんだ。だから、誓いは破るんじゃねえぞ」

　六人を前にすると、幸太は元気が出てきたようだ。もともと、そういう性格だった。安夫が、百円札の束を床に置いた。ためこんでいた食料を、全部売り払ってきた金だ。

「ひとり百円ずつは持ってろ。なにかあっても、身ぎれいにしておくことは忘れるな。集合場所は、いつもここだ。ここが危《やば》い場合は、大鷲城。ここにいるやつだけの、合図の口笛をいま教える」

幸太がやりはじめたのは、いままで聞いたことのない曲だった。二度くり返し、それから全員が幸太に合わせて口笛を吹いた。

「わかったな。『老犬トレー』って曲だ」

「どこで覚えたんだ、幸太？」

「アメリカの唄でな。姉貴のコレやってる米兵が教えてくれた」

右手の親指を突き出して、幸太が言った。

全員で、何度もくり返した。なにも起きるはずはない、と良文は思っていたが、佐丸一家が大きな喧嘩《でいり》をやることで、八人の団結は固くなりそうだった。

「いい曲だ」

大鷲城へ戻る間、良文は何度も『老犬トレー』を口笛で吹いた。

「一度聴いて、好きになった。教えてくれって頼むの、ちょっといやだったけどな」

「いま、姉貴は？」

「知らねえ。おふくろと、うまくやってやがんだろう」

街には、復員兵が溢れていた。戦争が終って、もう一年経っている。バラックでも、家族全部が揃った家を、よく見かける。

「早くでかくなりてえな、良。な、そう思わねえか」

良文は、『老犬トレー』を吹き続けていた。蒸暑い夜で、歩くと額に汗が滲み出してくる。それを掌で拭った。

「大人になりてえよ。ガキだって理由で、市場に店も開けねえ。二人合わせて、二十六だっていうのによ」

それから幸太も、良文に合わせて『老犬トレー』を吹きはじめた。

4

市場の緊張は、三日ほど続いた。

夜中に一度襲撃があったらしく、佐丸一家の若い衆の中に、繃帯《ほうたい》を巻いたのが三、四人いた。それも、大規模な襲撃というわけではなかったらしい。市場の客は少なく、倉庫から運び出して売らなければならない品物も、いつもの半分だった。

それからまた、元の市場に戻った。

どんな時でも、岡本は必ずいつもの足どりでやってきて、キャメルをひと箱持っていった。岡本が喫った分だけでも、かなりの数になる。それでも、売る品物は尽きなかった。

買出しを、またはじめた。

安夫が指揮者で、リュックは五つ。その中のひとつが骨壺だった。

食べ物がないという騒ぎが、いろんなところで起きているらしいが、市場にいるかぎり実感はわかなかった。かなりの店に、食べ物が沢山並んでいる。ただし、また高くなった。

「あの金を、どう使えばいいか、見当がつかない」

金の使い道に困るというのも贅沢《ぜいたく》な話だったが、少年が七、八人で腹が破れるまで食っても、なくなるような金ではなかった。そして、子供だという理由だけで、大きな使い方はできないのだった。

「物として持ってりゃ、売りはじめた時と較べても、かなりあがった」

「うまくいってんだ。なにを気にすることがあるんだよ、良」

「これから何年、俺たちはこうやっていかなきゃならないと思う。いまは、まだいい。これから、警察もうるさくなっていくだろうし、滅茶苦茶なことも起きなくなる」

「そして、子供は家に帰されるか。その帰る家が、俺たちにゃねえよ」

「大人ってのは、書類を作ったり、証明書を作ったりするのが好きなんだ。そういうのは、大人にならなきゃ貰えない。なにもなけりゃ、施設行きさ。金がいくらあったってな」

「もういい、良。さきのさきまで考えるのは、おまえのいいとこだけどよ。これでいいじゃねえか。行けるとこまで、これで行くしかねえよ、俺たちゃ」

わかっていた。しかし、幸太のように割り切ることが、良文にはできない。性格というやつだ。一年後のことでなくてもいい。せめて、ひと月かふた月。それぐらい先のことがわかれば、いくらかは安心できるのだ。

四日目に、佐丸一家の親分は帰ったようだった。親分が倉庫の中にいる間、良文たちは中へは入れて貰えず、出入口のところで品物や金の受け渡しをするだけだった。

「大した喧嘩《でいり》じゃなかったんだな」

幸太は、まだ和也に木刀持ちをやらせている。安夫たちが買出しに行っている間、和也は大鷲城で寝泊りしていた。幸太を、ほんとうの兄貴のように思って、すっかり頼りきっている。ほんとうは自分たちの方が兄貴を必要としていて、だから弟分の面倒などみる余裕はないのに、とそれを見るたびに良文は思った。

「結局、倉庫で待ち構えている親分が、迫力勝ちしたってとこじゃねえかな。若い衆にも気合いが入ってたしよ」

「俺たちにゃ関係ない。関係しない方がいいんだ」

大鷲城へ帰ると、良文は和也に手伝わせて飯を炊いた。あたたかい飯というのは、悪いものではない。三尾八十円で買ってきた大ぶりの鯖《さば》も焼いた。幸太は、そういうことは一切手伝わない。男がやることではないと決めていて、良文がやっていてもいやな顔をするのだ。

手伝っている間、ようやく口笛の音が出るようになった和也は、何度もくり返して『老犬トレー』をやっていた。それが仲間の合図だから、間違えないように練習しているというより、曲そのものを好きになってしまったようだ。

「おまえの家、どこにあったんだ、和也?」

「大森」

「ふうん。よく、浮浪児狩りにあげられなかったもんだな」

「この間まで、じいちゃんが生きてた」

「大森の家は?」

「ないよ。焼けちゃったから。じいちゃんとは、いろんなとこで寝たよ」

祖父と二人で、流れ歩いたということなのだろうか。和也のことは、ほとんどなにも知らない。和也だけでなく、浮浪児同士で話すことがあっても、ほとんど家族の話題は出ないのだ。

「良さんは頭がいい、と言ってたよ、幸太さんが」

機嫌をとるような言い方だった。自分を冷たく見ている人間の眼が、わかるのだろうか。おまえを嫌いなわけじゃない、という言葉を、良文は途中で呑みこんだ。

七歳なら、施設に入った方がいい、と最初に良文は幸太に言った。そこでなら、家畜のような扱いであれ、生きることはできる。あんな生き方は男の恥なのだ、と幸太は反論した。事実、少し暖かくなると、施設ではほんとうに少年たちを素っ裸にしてしまったらしい。脱走を防止するためだ。脱走した者に対する体罰は、相変らずなのだろう。

和也をめぐる良文と幸太の対立は、結局幸太が押し切ったという恰好になった。説き伏せる以前の問題で、良文は言葉を失ってしまったのだ。

「おまえ、怕くなかったか。この間、民昭をみんなで殴った時？」

和也は答えなかった。

「殴らなきゃ、仲間からはずされる、と思って殴ったんだろう」

「自分だけ菓子を食べるのは、ずるいよ」

「確かにそうさ。だけど、あんなに殴らなくてもよかったかもしれない」

「幸太さんが殴ったから、良さんも殴ったの？」

言われて、良文ははっとした。和也には、良文が幸太を批判しているように聞えたのかもしれない。

鯖を焼くと、いい匂いがした。醬油《しょうゆ》はないので、ちょっとだけ塩をふりかけて食べた。幸太は、食べる時だけ平気な顔をして出てくる。

烏城から、安夫が飛んできたのは、翌日の夜だった。合図の口笛も忘れている。

「警察か？」

「違う。でもやられた。全部やられた」

安夫の顔は腫れあがり、涙と血で汚れていた。

良文と幸太は、烏城まで突っ走っていった。バラックが半分崩れかかっていて、四人が茫然《ぼうぜん》と立っていた。

襲ってきたのは、五、六人の大人だったという。リュックを担いで歩いている五人の少年の姿を見て、かつぎ屋だと見当をつけ、尾行したに違いなかった。そして、暗くなってから襲った。

「どういう連中だったか、見当はつかないのか、安夫？」

「わからなかった。ここに運びこんで、ほっとしてたんだ。そこに、ドカドカ踏みこんできた。大人は強いよ。どんなに抵抗しても、駄目だったよ」

安夫が、また泣きはじめた。

「ちくしょう。大人のくせに、子供から食い物をぶったくりやがんのか」

幸太が、崩れかかったバラックに木刀を叩きつけた。

かつぎ屋が晒される危険は、警察だけではない。人の眼があるところには、すべて危険があると言っていい。そのことが、はじめてわかった気がした。良文の心の中にも、黒い怒りが渦巻いている。

「落ち着けよ、みんな。怪我をしたのは、安夫だけか？」

「俺は、怪我なんかしてない」

手の甲で涙を拭いながら、安夫が言う。

「平気なんだな、みんな」

全員が頷いた。

「よし。警察に没収されたと思うんだ。いまさら悔んでも仕方がない」

「気をつけてたよ、俺は。骨壺が入ったリュックを俺が担いで、警官を見たらすぐ走れるように、一番前を歩いてきた」

「もういいよ、安夫。気にするな」

「三日、めしはいらない」

安夫が言うと、幸太が踏み出して木刀を突きつけた。

「てめえ、何様のつもりだ。めしがいらねえだと。ここの大将は俺なんだ。めしを食わせるための大将なんだ。めしがいらねえってのは、大将がいらねえってことじゃねえか」

「だって」

「誓いを破ったわけじゃねえ。誰も悪くねえんだ。めしが食えるぐらいの金は、良ちゃんと持ってる。みんなで、かつぎ屋をして稼いだ金さ。行くぞ。おまえら、歩き続けて腹が減ってるだろう。肉でも魚でも、好きなものを食わしてやらあ」

言いながら、幸太も泣きはじめた。良文は、ポケットから百円札の束を摑み出し、ひとりひとりの顔の前に突きつけた。

「幸太が言った通りだ。好きなものを食ってこいよ。俺たち三人は、もう済んでる」

「だけど、次の買出しの資金は」

「心配するな。そういうものをきちんと用意しておくのは、俺の仕事だよ」

「雑炊か水団でいい」

「馬鹿野郎。こんな時に、うめえもんを食って力をつけとくんだよ。そうじゃねえか。こんな時に金使わねえで、いつ使えってんだ」

安夫が、百円札を一枚だけ受け取ろうとした。二枚、良文は安夫の掌にねじこんだ。

「なんてこったよ、ちくしょう。見つけたら絶対殺してやる」

五人が出かけていくと、幸太は吐き出すように言った。良文は、じっと闇に眼をやっていた。持っている金の全部を使えたら、買出しになど行かなくても、全員が食っていけるぐらいの商売はできる。子供だから、自分の力で生きてもいけないということなのか。

「良、復讐《ふくしゆう》する方法を考えろ。ぶったくったやつらを殺す方法を考えろ」

「待てよ、幸太」

「俺にゃ、我慢できねえ。安夫たちが、つらい思いをして担いできた食いもんを、なにもしてねえ大人が、笑いながら食ってるなんてな。考えただけで、頭が爆発しそうになっちまうよ」

「見つけられるかよ、そんなもんを」

「だから、おまえが考えるんだよ。そのためにある頭だろうが」

「無茶言うな。それに、見つけたところで相手は大人だぞ」

「それがどうしたってんだ。大人だろうと女だろうと、勝負して殺してやろうじゃねえか。殺されて当たり前だ、そんなやつら」

「ガキの食い物をぶったくるようなやつらだ。放っといても、そのうちどこかでくたばってるさ」

「俺の手で、殺してえんだ」

「よせ。警察が黙っちゃいない」

「戦争じゃ、敵を殺せって言われた。学校で言われたんだぞ。国の偉いやつもそう言った。これは、俺たちの戦争じゃねえか。殺していいんだよ。敵は殺していいんだ」

「通用しない、そんなことは」

「知るか。俺は殺さなきゃ気が済まねえ」

幸太が、また崩れかかったバラックに木刀を叩きつけた。

方法がないわけではなかった。これみよがしに、安夫たちにリュックを担いで歩かせる。味をしめた連中が、襲ってくる可能性はあった。そこを待ち構えればいい。子供でも七人になるし、コルトもあるのだ。それをやったところで、一時の気晴しにしかすぎないだろう。

幸太が座りこんだ。良文も和也も、並んで座った。闇だが、遠くに明りが見える。この一年で、焼跡にもかなり電気がつくようになった。

「あいつら、ちゃんとめし食ってるかな？」

「大丈夫さ。腹は減らしてるんだ。どんなかたちであろうと、仕事が失敗した。それでも、めしを食うだけの金はある。これは幸運だと思おうじゃないか」

「けっ。運がいいなんて言葉、どこから出てきやがんだ」

「ひとりも欠けずに戻ってきた」

幸太の弱いところをついた。しばらくうつむいていた幸太が、頷いた。

食料を強奪されて、良文の肚がすぐに収ったわけではない。ただ、復讐を考えるよりは、次にはどうやればいいか、ということを考える方がいい。

「そろそろ、気持を鎮めろよ、幸太。おまえが怒ってる間は、みんな縮こまっちまうんだから」

「わかってる」

幸太が、煙草をくわえ、ジッポで火をつけた。どこからか、ジッポを手に入れたようだ。煙草を喫う人間は、みんなこのライターに憧れている。

「夜中に一度、家に帰ってみた。進駐軍の兵隊が来てやがってよ。俺ゃ、このライターをかっぱらってやったんだ。姉貴だけじゃなくて、おふくろまで兵隊の御機嫌取りしてやがって」

「あの『老犬トレー』ってのを、教えてくれた兵隊か?」

「あいつは違う。黒ん坊は金回りが悪いと言って、姉貴が振っちまいやがった」

「黒ん坊だったのか」

「嫌いじゃなかった。いつも悲しそうな眼をしてやがってよ。あいつだったら、俺は家を飛び出さなかったかもしれねえ」

「おまえが時々家に帰ってること、みんなにゃ言うなよ」

「一度だけだ。施設を逃げ出してから、一度だけだよ」

「俺も、親父が帰ってるかもしれないと思って、時々様子を見に行ったもんさ」

誰もが、同じようなことをしているのかもしれない。そしてある日、待ち続けた父親の姿を見つけたり、家族の消息を聞いたりする、運のいいやつもいるのだろう。

「一年だよな、戦争が終って」

煙を吐きながら喋ると、幸太はちょっと大人びて見えた。和也は、幸太の木刀を抱いてじっと闇の中にうずくまっている。大鷲城から、ずっと付いてきていたのだ。

「相変らず、食い物はねえ。俺たちは、いまひもじい思いをせずに済んでるけどな。これだって、いつまで続くかわかったもんじゃねえさ。一年で、世の中はなんか変ったぜ。俺ゃ頭がよくねえからうまく言えねえが、変ったと感じてるよ」

良文も、同じことを感じていた。秩序というやつが、少しずつできつつあるのだろうか。復員兵の姿も増えた。バラックにも電気が通っているところが多くなり、焼跡は少しずつ狭くなっている。その分だけ、子供が自由に生きられる場所は少なくなるのかもしれない。

「和也、おまえ、やっぱり家族は見つかりそうもねえな」

「家族を、捜してたのか、和也は？」

「じいさんと二人でな。じいさんは、野垂死にしたらしい。闇市に、家族が買出しに来るかもしれねえと、こいつは思ってるんだ」

「大森だろう、家は」

和也は、うつむいているだけだった。

「おふくろの実家が、上野の近くだったらしいんだな。それ以上のことは、こいつもあんまり知らねえ」

「大森で待つのがいい」

「俺も、そう思ってるさ。何遍か、一緒に大森にも行ってやった」

煙草の煙。完全な闇ではないのか、かすかに見てとれる。

一年、と言った幸太の言葉を、良文は何度も嚙みしめていた。一年、生きてきた。自分の力だけで、生きてきた。

5

缶詰に、汚ない手がのびてきた。展示用の箱のガラスの蓋を開けた時だ。

「店番してろ、和也」

幸太が叫んだ。良文は、もう店を飛び出し、少年の汚れたシャツの裾を摑んでいた。大して力のないやつだ。組みつくと、すぐに倒れた。幸太も、上から覆い被さってくる。立たせた。良文は、幸太と顔を見合わせた。押し倒し、押さえつけ、缶詰を取りあげて立たせるまで、ちょっと変な感じがあったのだ。幸太も、それは感じたらしい。

「店へ、連れていこう」

良文が言うと、幸太は黙って頷いた。

少年は、ちょっと逆おうとした。腕を摑んだまま、良文は少年の耳もとに口を寄せた。

「騒がない方がいい。あそこは佐丸一家の店で、かっぱらいをやったってのがバレると、餅つきだぜ。餅をつくみたいに、丸太で若い衆がぶっ叩くんだ」

少年の動きが大人しくなった。並んで、ただ歩いているような感じだ。逃げ出そうとしたところで、良文や幸太の方がずっと足が速いことはわかっているはずだ。

和也が、店の前に立って近づく大人を遮っていた。

「よし、お客さんだからな。もういい」

幸太が言うと、和也は頷いた。缶詰が二個売れた。

「かっぱらいを、放っとくわけにゃいかねえんだよな」

店の中で、幸太が少年の胸ぐらに手をのばす。その手が、弾《はじ》かれたように引かれた。

「放っとかないって、どうすんだよ？」

「おまえ、男じゃねえな」

それは、良文も感じていたことだった。絡み合った時、やけに躰がやわらかいような気がしたのだ。

「だったら、なんだってのさ？」

「参ったな、こいつは」

女のかっぱらいは、はじめてだった。佐丸一家へ連れていけば、どうされるだろうということが、良文の頭に浮かんだ。

「女だってね、食べなきゃなんないんだよ」

女は丸坊主で、ズボンを穿《は》き、藁で作った草履をつっかけていた。大人用のズボンらしく、裾を何重にも折り曲げている。

「佐丸一家に連れてくと、おまえ、慰安所で働かされるぞ。進駐軍相手の慰安所さ」

「そんなとこで働くようなら、かっぱらいなんかやってないよ」

「慰安所の方が、まだまともじゃないか。人に迷惑かけるわけじゃないし。俺たちがガキに見えたから、手を出したんだろう。甘く見たんだな。かっぱらわれたら、俺たちは佐丸一家に弁償しなくちゃなんないんだぜ」

女がうつむいた。同情を引くために、そうしているようには見えなかった。いくつぐらいなのかは、わからない。ちょっと見には、十二、三の浮浪児だ。

「もうすぐ店が終るからよ。待ってろ」

「なにする気よ？」

「とにかく、いま騒いだら、おまえは佐丸一家の若い衆に連れていかれるよ」

幸太は、良文が喋っている間、じっと女を見ているだけだった。良文は、女がかっぱらった缶詰を、箱の中に戻した。女は、腰を降ろして膝を抱え、逃げ出す様子はない。

夕方、店を閉め、良文はひとりで売れ残ったものを佐丸一家の倉庫に運んだ。いつも缶詰が二つ三つと、ウイスキーが一本ぐらいは残る。

小野は、いつになく機嫌がよかった。帳面との照合もお座なりで、うまいものでも食えと、三十円余計にくれた。

孔雀城のウイスキーは、全部捌いてしまっている。煙草と羊羹が残っているくらいだ。金にはほとんど手をつけていないので、すでに七、八万にはなっている。

烏城に行った。安夫は四人を連れて、買出しだった。農家ではなく、千葉の漁師町へだ。魚の干物の方が、嵩が張らない。それにこれまでと道筋も違う。引き換えるものとして、羊羹を二十本持っていった。

幸太は、女を連れてすでに来ていた。良文は、途中で買ってきた握り飯とコンビーフの缶詰を出して拡げた。

「ちょうどよかった。こいつ、腹減らしてるみてえなんだ。まともに歩けねえで、フラフラしてやがんの」

女は、床の隅に座りこんでいた。崩れかけたバラックは修理し、床も張り、値があがらないうちに冬に備えて毛布なども買った。

「食いな」

幸太が言うと、女はロウソクの光に照らされた握り飯にじっと眼を注いだ。

「これを食べさせて、なにしようってのさ。なに払わせる気よ?」

「なにって、おめえ」

「抱こうって気なんだろう、ガキのくせに」

言った女が、いきなり立ちあがり、シャツとズボンを脱いだ。白い躰が、ロウソクに照らし出される。良文は、思わず息を呑んだ。脹《ふく》らんだ胸が眩しいような気がする。

「これでもね、安かないんだから。胸だっていい恰好をしてるし、ここにも毛だってちゃんと生えてる。ガキに遊ばれるような躰じゃないんだからね」

「なにも言ってねえだろう、俺たち」

「言わなくったって、あんたらの魂胆は見え透いてるよ。あたしが、なんで頭を坊主にしてると思ってんの。なんで、血桜団みたいなとこに入らないと思ってんの」

「血桜団っておまえ、上野の女やくざじゃねえか」

「そんな真似したくないから、男に化けてんだよ」

「それで、かっぱらいか」

良文が言うと、女は一瞬言葉を詰まらせた。痩せた女だが、胸と腰は豊かだった。大人の女が裸になっている、としか良文には思えなかった。直視する。こんなものはなんでもないと、自分に思いこませようとする。

「いくつだい、あんた？」

声の調子を落として、良文は続けた。

「かっぱらいがどういうことか、わからない歳じゃないんだろうが」

「死にたくないんだ、あたしは」

「じゃ、慰安所で働け。俺たちの前で裸になったって、一銭にもならないぞ」

「握り飯を出してるじゃないか、そこに」

女が叫んだ。握り飯は、握り飯ではないのだ、と良文は思った。腹が減っている人間には、命そのものなのだ。

「服、着ちまえよ。俺たちゃ、女に汚ねえ真似をする気なんてねえ」

幸太は、ずっと顔を横にむけている。

「食おう。四人分あるんだ」

良文は、コンビーフの缶詰を開けた。和也と幸太が手を出した。良文は、じっと女の様子を見ていた。脱ぎ捨てたズボンとシャツで前を隠し、女は素速く握り飯に手をのばした。ひと口食らいつき、じっとうつむいている。女の眼から流れ落ちる涙を、ロウソクの炎が違うもののように照らし出した。

「つらいよな、生きるってのは」

女はふた口目を口に入れた。まだ涙は流れ続けている。ようやく、良文も握り飯に手をのばした。ナイフで、コンビーフも四つに切った。

握り飯を口に押しこんでしまうと、良文は外へ出た。外の方が涼しい。空に星はなく、遠くに街の明りが見えるだけだった。

幸太が床に放り出していた、煙草とライターを持っていた。一本抜き出し、火をつける。はじめてのものだった。うまく煙を吸いこめない。何度かくり返すうちに、はずみのように煙が肺にとびこんできた。躰が一度ぴくりとなった。冷たいものが、躰の中を走り回る。気持が悪くなった。冷や汗まで出てくる。吐きたいのを、良文はじっとこらえた。少しずつ、元に戻った。また吸った。吐気が、耐え難いほど強くなった。石の上に躰を横たえる。冷や汗がひいていく。

「なんだよ。こんなとこでモクなんかやりやがって」

幸太が出てきて言った時、良文は二本目に火をつけていた。仰むけに寝そべったままだ。空には、相変らず星は見えなかった。

幸太も煙草に火をつけたようだ。良文は、もう肺に吸いこむのをやめていたが、闇の中で幸太はそれに気づく様子はなかった。

「おまえがモクやってるなんて、思ってもいなかったぜ。金のことばかり考えてやがる、と思ってたよ」

「時々さ」

冷や汗はまだ完全にひいていなかった。吐気は、なんとか収りかかっている。それでも、立ちあがると倒れてしまいそうな気がした。

「たまげたよな。俺、姉貴の裸見たことはあるし、兵隊とやってるところを見たこともある。だけど、俺のことじゃなかった。あの女が脱いだ時、股のあたりがきゅんとしやがったぜ」

「どうしようか、あの女？」

「おまえが、俺に相談すんのかよ。いつもと逆じゃねえか」

「大将はおまえだ。おまえが決めろ。これは考えることじゃなくて、決めりゃいいことなんだ」

はずみのように、また肺に煙が入ってきた。肺に煙が入ったのに、なぜ胃の中のものが飛び出しそうになるのかわからない。冷や汗が浮いてくるのを感じながら、良文は考えていた。

「どういうふうに決めるんだよ？」

「佐丸一家を通して売りゃ、そこそこの金にはなる」

「売るって、あの女をかよ？」

「ここに置いておいて、俺たちみんなの女にしてもいいし、ただ追い出しちまってもいい。要するに、ただのかっぱらいさ。女ってことを除けばな」

「おまえの頭がどうなってんのか、俺にゃわからねえ。黙って、ひとりでモクやってるようなとこが、おまえにゃあるからな。俺なんか、大人に見られようと思って、はじめたんだぜ」

「俺もさ」

返事をするのも、気持が悪いぐらいだった。それが少しずつ収っていく。良文は、額の汗を手の甲で拭った。

「放り出しゃ、またあの女はかっぱらいをやるよ。でなけりゃ、どこかで身を売るってことになるな。両方とも、俺ゃ気分がよくねえ」

「かっぱらいだぞ、忘れたのか」

「おまえだって、あいつの分まで握り飯を買ってきたじゃねえか」

「だからさ、俺なんかが女だと思ってやさしくしてたら、大将のおまえが注意するのが当たり前じゃないか。いまはいくらか余裕があっても、いつひもじい思いをするか知れたもんじゃないんだから」

「大将だってことで、俺が決めなきゃなんないのか」

「そうだ」

「じゃ、置いておこう。男ばっかりだ。女の仕事ってやつはある」

「わかった」

「いいのかよ、それで」

「おまえが決めたんならな」

良文は、石に寝そべったまま、煙草を消した。こんなものに、一食分ぐらいの値がつく。それが大人の世界というやつなのか。

幸太が立ちあがり、家の中へ入っていった。良文は、まだ空を眺め続けていた。夢中で生きてきた。いまも、夢としか思えないことが、時々ある。すでに自分は死んでいて、別の世界でもがいているだけなのではないか。

　死ぬということを、深く考えたことはなかった。どうせ死ぬ。そういう気分はどこかにある。死んだ方が楽なのかもしれない、と腹が減っている時には考えなかった。いまごろになって、死ぬというのは楽なことなのではないか、と思えてくる。

　ようやく、気分が元通りになった。

　良文は腰をあげ、そろそろと立ちあがった。倒れはしなかった。躰全体に、痺《しび》れたような、快さに近い感じがあるだけだ。大人が煙草を求めるのが、ほんの少しだけわかったような気もした。

「こいつ、里子って言うんだってよ。十七だそうだ」

　幸太が、女を紹介した。もうシャツもズボンも着こんで、きっちり襟もとまでボタンをかけている。女だとわかったせいか、どう見ても女としか思えない。

「家はねえんだそうだ。姉とはぐれちまったらしい。二人で家族を捜してたのさ」

　良文は、ただ頷いた。いろんなことが起きている。めずらしい運命など、どこにもない。

「よく、浮浪児狩りにやられなかったな」

「群れてなかったから。どうしたって、女だってわかっちゃうでしょう」

「俺たちが怕いのも、それだ。もっときれいな恰好をしてくれ。仲間には、幸太の姉貴だってことにする。だから、女の恰好をしてくれた方がいいな。外から見てると、女がひとりいるだけで、家族のように見えるかもしれないし」

「髪が、のびたらね」

いくらか長い坊主頭だった。二カ月もすれば、女の恰好をしてもおかしくなくなるだろう。

「ここからちょっと行ったところに、大鷲城ってのがある。そっちに住んで貰わなくちゃならない。なにしろ幸太の姉貴だからな。昼間、こっちへ通ってきて、仲間の面倒をみてくれ」

里子が頷いた。

和也が、嬉《うれ》しそうな声をあげる。

幸太は、煙草をふかしていた。流れてくる煙を払うようにして、良文は横になった。

第四章

1

市場が、また騒がしくなった。

端の方にある五、六軒の店が、二十人ほどに襲われて、壊されてしまったのだ。売っていた品物も、ほとんど使いものにならなくなったようだ。

佐丸一家の若い衆は、眼を血走らせていた。市場を守る責任が佐丸一家にはあって、そのために一軒一軒の店は金を出しているのだ。立場がなくなったということで、親分が壊された店へ見舞いにやってきたぐらいでは、店をやっている連中の気持は収らなかった。同じ金なら、もっと安全な市場へ移った方がいい、と誰もが言いはじめた。客も、かなり減ったように感じられる。

良文と幸太は、いつものようにウイスキーと缶詰と煙草を並べていた。ここへ来れば本物のウイスキーが手に入るという噂は流れているらしく、熱海からわざわざ買いに来た人間もいた。あまり売れないのは、小野がどんどん値をあげるからだ。

「今度は、ほんとにひどいことになりそうだぜ。みんなそう言ってる」

木刀を持った和也を連れて、市場を見回ってきた幸太が言った。そういう噂を集めなくても、すでにひどいことになっているのは、佐丸一家の若い衆の眼を見ていればわかる。昼間、まだ店が開いている間に襲われたというのも、ただごとではなかった。

「三十人は、若い衆が来てる。ドスを隠して、方々に立ってやがるぜ」

「放っておけよ」

「ここが襲われてもか？」

「品物は守る。それ以上の責任なんか、ないじゃないか。なにか起きれば、逃げるのが一番いいんだよ」

「若い衆は、ほとんどみんな知ってる。友だちみたいなもんさ。それが困ってる時、助けてもいけねえのか？」

「助けられるのか。親分に、ガキはどいてろと怒鳴られるだけさ。おまえには、仲間を守るって仕事があるじゃないか」

「非常事態ってやつよ。そりゃ、仲間の方が大事だけどな」

「おまえは時々、男、男って思いこんで、まわりが見えなくなっちまう。悪い癖は出さないでくれよ」

言うと、幸太は大人っぽい苦笑いを返してきた。

市場の中で、ちょっとでも大声を出す男がいると、若い衆がすぐに飛んできた。売る方も買う方も静かで、それは直接売行に影響してきて、いつもの半分も売れなかった。

「どこと喧嘩《でいり》になろうとしてんのか、それがよくわかんねえんだよな。どうも、華僑なんかじゃないみてえだ」

「それも教えて貰ってない。つまり、俺たちゃ頭数にも入ってないってことだぜ」

「わかってるさ」

訊けば、若い衆は教えてくれるだろう。はじめからなんでも知っているような顔をしているので、幸太にはなにも言わないのだ。

襲ってくるのは、佐丸一家と競っている組織で、麻薬や売春までやる佐丸一家と、商売のやり方で対立してしまったのだ。先に手を出したのは佐丸一家の方で、次に親分が脚を撃たれた。一家をあげての喧嘩《でいり》になりそうなところに、佐丸一家の本家の仲裁が入って一応は収った。しかしどこかの市場の権利をその組織と争っているらしく、結局はどこかでぶつかるしかないだろう、と見られていたのだ。

そういうことを全部、良文は若い衆同士の話や、佐丸一家と親しい店の親父の話などから集め、自分で筋書きを組立てたのだった。多分、ほとんど間違いはないはずだ。

ここの市場を潰されると、佐丸一家は大変な苦境に陥るらしい。それで、親分以下が必死になっているという話だった。

いつもと同じ歩調で、岡本がやってきた。キャメルをひと箱持って、良文は岡本が近づいてくるのを待った。毎日見ているのであまり感じないが、最初に会った時と較べても、かなり痩せている。頰骨が、とがってきたという感じだった。

「今日は、商売があがったりだな」

岡本は、皺の目立つ手でキャメルの箱を弄《もてあそ》んだ。皺が出るような歳ではないはずだ。

「こう暑くっちゃ、若い者《もん》もイライラするわな。それがまた、客を怕がらせてる」

「すぐにでも、喧嘩《でいり》になりそうなんですか？」

幸太が訊いた。

「なんで、俺に訊く？」

「岡本さんなら、知ってるだろうと思って」

「喧嘩《でいり》なんて、やりたいやつがやりゃいいんだ。それより、キャメルを貰えなくなる方が、俺は心配だねえ」

岡本が、キャメルの封を切った。かすかに指さきがふるえている。幸太が、素速くジッポの火を出した。

「いいライターじゃないか、幸太」

「ガソリンぶちこんでも、すぐなくなっちまうんですよ。うまい方法はないのかな」

「ライターの油を、進駐軍のやつらに貰えばいい。あれなら保《も》つぞ」

「そうですか」

強い陽射しを避けるように、岡本は店の中に入ってきた。

「戦争が終って、もう一年以上になるのか」

空を見あげながら、岡本が呟く。一年前の八月十五日は、晴れていたのだろうか。今年の八月十五日は、午前中あった雲が、午後にはまったくなくなり、ひどく暑い日になった。それから毎日のように、照りつける日だった。当分、雨など降るとは思えない。

「岡本さん、南方から復員してきたんですよね？」

「おまえの親父も、南方だって言ってなかったかな、良《よし》？」

「戻っちゃきませんけどね」

「南方の復員は、早く進んだ。一年経っても戻らないんじゃ、見込みはないな」

「待ってもいません」

「戦争ってのは、やっぱりひどいもんだった。兵隊に行かないだけ、おまえらは運がいいと俺は思うよ。戦争を知ってることと知らないこと。こりゃ、女を知ってるかどうかぐらいの違いはあるな」

「両方とも、知らないですよ。焼夷弾《しょういだん》ってやつは知ってますが」

「俺はつまらねえよ、戦争がないと」

岡本は、遠くを見るような眼をしていた。いつもこんな眼だが、今日にかぎって、実際になにかあるものを見つめているような感じだった。

怒号が聞えた。

幸太が飛び出していく。殴りこみかもしれない。良文は、商品を全部、木箱に収いこんだ。佐丸一家の若い衆が走っていく。幸太などふっ飛ばしそうな勢いだった。

岡本は、煙草の煙を吐いていた。別に腰をあげる素ぶりも見せない。

「倉庫だ。倉庫の方が襲われたみてえだ」

「入ってろ、幸太。おまえが出ると、和也も付いていく。踏み殺されちまうぞ」

佐丸一家の若い衆は、ひとり残らず倉庫に駈けつけたようだ。また親分でも来ているのかもしれない。

「そのうち、誰かが銃をぶっ放すぞ」

「倉庫とはな。隙をつきやがったんだ。市場とちょっと離れてるし、あっちにまで人数は割けなかっただろう。考えてやがる。ちくしょう、ウズウズしてきやがったぜ」

「いい加減にしておけ、幸太」

「岡本さんは、行かねえんですか？」

「若い者《もん》が行ってるのに、なんで俺が行かなくちゃならない」

岡本は、二本目の煙草の煙を吐いていた。

道路に出た幸太が、店の中に飛びこんでくる。和也の木刀をひったくった。

「ちくしょう。こっちへ来やがった。ありゃ、佐丸一家じゃねえ。五十人はいるぞ。もう市場に入ってやがる」

「行って止めてこい、幸太」

岡本が、笑いながら言った。幸太は、岡本にちょっと眼をくれただけだ。じっと道路の方を窺っている。五十人もいたのでは、まさか飛び出していくことはないだろう。品物を壊す音が聞えてきた。人が、川の流れのように眼の前を通りすぎていく。みんな逃げているのだ。良文は、品物の入った木箱を抱えあげた。

「幸太、その木刀を貸してくれ。おまえが使わないんならな」

幸太がふりむいた。岡本は、短くなった二本目の煙草の煙を、まだ吐いている。

幸太が差し出した木刀を岡本は黙って受け取り、代りにズボンに差した布の包みを渡した。杖のように木刀を持って、腰を降ろしていた木箱から立ちあがる。良文も、岡本の動きを見守った。

物を壊す音が近づいてくる。

「それは俺の上官だった人の物だ、幸太。預けとくぜ」

ふらりと、岡本が道路の真中に出ていった。陽が当たっていて、悪い顔の色がいっそう悪く見えた。バラバラと、四、五人が岡本を取り囲んだ。

「どきな、岡本」

声がした。物を壊す音は、相変らず続いている。岡本の躰が前へ出た。肉を打つ音。男がひとり、倒れて転げ回った。どんなふうに打ったのか、良文にはよく見てとれなかった。岡本は、相変らず遠くを見るような眼をしている。

刀が抜かれた。それでも、岡本は構えるでもなかった。良文は唾を呑みこんだ。幸太も、じっと身を固くして動かない。

ひとりが、気合いとともに岡本に斬りかかった。躰が絡み合った。血が飛んだ。どちらの血かわからなかった。躰が離れた時、岡本は刀を握っていた。幸太の木刀は、路面に放り出されている。

「どきな。佐丸に義理立てすることなんかねえだろう、岡本」

岡本は答えない。かすかに、口もとだけで笑ったように、良文には思えた。

二人が斬りかかった。岡本の刀の方が速く、ひとりが肩から血を噴いた。いつの間にか、物を壊す音はやんでいる。明るい陽射しの下なのに、ぞっとするほど静かだった。汗が、こめかみから顎に流れ落ちていくのが、やけにはっきり感じられる。

しばらく、動きは止まったままだった。

後ろから、ひとり岡本に斬りつけていった。腰を回転させるようにして、岡本は刀を跳ねあげた。また、赤い色が宙を飛んだ。長い棒が突き出されてくる。かわした岡本の躰が、ちょっとぐらついた。二人がぶつかった。ひとりは岡本に斬り下げられたが、もうひとりのドスが、岡本の脇腹に食いこんでいた。

岡本は倒れなかった。脇腹に手をやり、指に付いた血を確かめるように、眼に近づけた。それから、かすかに笑った。

二人が斬りつける。前と後ろからだ。後ろの男を、岡本は刀を薙《な》ぐように振って倒した。しかし肩口を斬りつけられている。岡本のシャツからズボンにかけて、赤く染まっていた。それでも立っている。笑っている。また、長い棒が突き出されてきた。それをくぐるように避けた岡本に、ひとりが悲鳴のような声をあげながら斬りつけた。下腹。裂けた。ズボンと一緒に、腹も裂けている。斬りつけた男は、片腕を斬り飛ばされて転げ回っていた。路上に落ちた男の手が、陽を浴びてまだ動いているような気がした。

岡本が踏み出した。下腹の裂け目から、風船のようなものが出てきた。内臓だ。腸。そう思うと、わけのわからない恐怖に包みこまれて、叫び声をあげそうになった。はみ出してきた腸を、岡本は左の手で押さえ、また踏み出した。笑っている。はっきりと、歯を見せて笑っている。

取り囲んだ方が、圧倒されて後退《あとじさ》りをはじめた。声はあげるが、足は出ていない。

「ちくしょう」

叫んだのは、幸太だった。叫んだだけで、動くことはできないでいるようだ。

岡本が、また二、三歩踏み出した。横から襲いかかった男に、右手だけで握った刀を叩きつける。まともに額が割れた。また、誰かが岡本にぶつかった。血が、さらに拡がった。岡本はまだ立っている。

遠くから、怒声が聞えた。

岡本を取り囲んだ連中が、倒れた人間を担いで走り去っていった。

陽の光の中に、血にまみれた岡本がひとりで立っていた。ずいぶん長い時間だったような気がしたが、一瞬だったのかもしれない。ぐらりと岡本の躰が揺れるのと、良文と幸太が飛び出したのが、ほとんど同時だった。

眼を開けて、岡本は倒れていた。

「良と幸太か」

岡本が言う。良文はもう一度唾を呑んだ。

「キャメル、ありがとうよ」

声が出なかった。なにか言おうとした時、良文も幸太も、佐丸一家の若い衆に押しのけられていた。

「駄目だな」

遅れてきた小野が、岡本を覗きこんで言った。右手には、コルトを握っている。

「片付けろ。血で汚れてるとこには、砂を撒くんだ。警察《サツ》が来るぞ」

若い衆が、荷物かなにかのように、岡本の躰を担ぎあげた。道には砂が撒かれている。十分もすると、そこで斬り合いなどがあったとは、とても思えなくなった。

「岡本さん」

幸太が言った。預けられた布の包みは短剣だった。海軍士官が腰にぶらさげていたやつだ。

死んだだろうなという言葉を、良文は呑みこんだ。笑っていた。その顔だけが、鮮やかに眼に残っている。

2

千葉から、魚の干物を買い出してくる仕事は、想像したよりうまく運んだ。

五人のうち三人は、骨壺の入ったリュックを担ぎ、二人だけが魚の干物を担いだ。それだけでも、捌ききれないくらいの量があった。市場に店でも持っていれば、二時間か三時間で売切れてしまいそうだ。

羊羹がかなり減り、孔雀城は必要ではなくなった。みんな、どこから羊羹を手に入れてくるのか不思議がったが、ほんとうのことは言わなかった。干物と交換するには、羊羹は適当なものだった。漁師の中にも、甘いものが好きな連中は多かったのだ。

店へは、あまり出なかった。市場そのものが、この間の襲撃で、火が消えたようになってしまったのだ。開いている店は三分の一くらいになったし、客はもっと減った。東京じゅう、どこにでも闇市はあるのだ。

余った時間で、良文は、魚の干物を売り捌く道をつけようと、いろいろな試みをした。何軒かの食堂に売る、というのがすぐに思い浮かんだ方法だが、量が少なかったし、相手が子供だと見て、危ぶむところもあった。

どこかの市場の店と組むのが、一番いい方法だとはわかっていた。そのためには佐丸一家を離れる必要があった。佐丸一家の市場に、ただ店を出していたわけではない。佐丸一家の店で、佐丸一家の品物を売っていたのだ。小野は、身内が離れていく、というふうに取るだろう。それが、簡単に許されることでないのはわかっていた。

いつでも干物を買ってくれる食堂を、四軒見つけた。しかし量がかぎられていた。いくら干物でも、こんな暑い季節に長く保ちはしないのだ。

佐丸一家には内密で、市場の店に売るしかなかった。渋谷の市場を、良文は選んだ。値はほかと変りなかったが、干物を売る店がほかにも何軒かあって、目立たないだろうと思えたのだ。

鳥城の生活はうまくいっていた。

里子がいるというだけで、みんないくらか礼儀正しくなり、身ぎれいにもなった。シャツやズボンは、里子が洗濯し、どこからか針と糸を手に入れてきて、破れたところは繕ったりするので、誰の眼にも浮浪児には見えないはずだった。

幸太は、五人の買出しの護衛に出かけるようになった。場合によっては、警官の眼を引きつける役目もする。

良文と幸太が、あまり佐丸一家の市場に行かなくなったので、五人は自分たちが稼がなければならないと考えたようだ。引き換えの羊羹も、良文と幸太が市場の店で稼いだものだと思っているのだろう。その羊羹も、底をつきはじめている。

「金、いくらぐらいあるんだ、良?」

ある日、二人だけになった時、幸太が訊いた。

「九万ってとこかな」

ちょっとびっくりするぐらいの額だった。幸太も啞然《あぜん》としている。闇市に、店を一軒出して、売るための品物を充分用意しても、まだ余るかもしれない。ただ、闇市に店を出すためには警察の許可が必要で、それは子供には手に入れられないものだった。

「使えなけりゃ、金だって結局はただの紙っきれさ」

「みんなが、まともなものを食ってる。それだけだって、いまの世の中じゃ大変なことだぜ。それが、九万とはな」

「何年、自分たちの手で食っていかなきゃならないか、わからないんだ。まだ少ない。金なんて、いつ価値が下がるか知れたもんじゃないしな」

「それでも、俺たちは運がいい」

良文も、そう思っていた。躰を張った。それがこの結果なのだ。

「このまま、うまく商売ができて、大人になるころにゃ、みんな金持ちになってるかもしれねえな。夢なんかじゃねえや。本気でやりゃ、それぐらいはできるかもしれねえ」

それほど甘いものなのか。時々、そういう思いがよぎる。いまのところ、すべてがうまく運んでいるというだけではないのか。

渋谷の市場に、リュックひとつ分の干物が入れられるようになった。漁師の方との交渉もできあがった。子供だけでやっているわけではないと強調したが、相手も子供だけとは最初から思っていなかった。

大鷲城で寝泊りするより、烏城の方が多くなった。ただ、烏城には井戸がない。飲み水を、遠くまで汲みに行くので精一杯だった。大鷲城へは、みんな躰を洗いに来る。和也だけは里子に躰を洗って貰い、みんなを羨しがらせていた。

「ねえ、なんで家にみんな城って付いてるの？」

里子が訊いた。理由などなかった。そう付けてみたかったのだ。

「あまりに惨めなバラックだったから」

なにか言おうとする幸太を押さえて、良文は答えた。実際、城のようにしたい、という気持がなかったわけではないだろう、という気がいまになってはする。

「いいよね、なんとなく。出かけてても、城があるんだって思うと、気持が挫《くじ》けないいんだよね。帰るところがあるって、大変なことなのね」

「だから守らなきゃならない。城ってのは、守るためにあるのさ」

烏城には、数日分の米が蓄えられていた。売れ残った干物で、温かく白いめしを食う。考えてみれば、幸福な生活だった。

佐丸一家の市場にも、時々顔を出した。倉庫にあった品物はどんどんと減っていき、たった三、四日でなくなってしまっていたので、良文や幸太が店に並べるものもなかった。

小野は、市場を建て直そうと必死だったが、一度消えてしまった火が、再びともることはなさそうに思えた。いつも、小野の機嫌はひどく悪い。きちんとした服を着ていた男が、ボタンがとれたり、綻びがあったりするシャツを着て、それを気にしているようでもなかった。

八月も終りに近づいたある日、良文と幸太は倉庫に呼び入れられた。和也も幸太の腰にくっついていたが、もう木刀は持っていない。岡本が死ぬところを見てから、幸太は木刀を使おうとはしなくなった。預けられた短剣は、時々抜いては眺めたりしている。

「おまえら、うちに隠れて、商売してるそうじゃないか」

「隠れてって、どういう意味ですか？」

訊いた瞬間に、小野の張り手が飛んできて、良文は横にふっ飛んでいた。左の耳がしばらくじんとしていた。

「隠れて商売なんか、許されると思ってんのか。商売が悪いと言ってんじゃねえぞ。きちんと上納を納めろと言ってんだ」

「佐丸の市場じゃねえですよ」

幸太も、張り飛ばされていた。

「どこで仕事しようと、佐丸の者《もん》は、佐丸に上納を納めるんだ。おまえら、喧嘩《でいり》の役にも立たねえ。せめてよそで稼いで、一家の役に立て」

盃《さかずき》を受けたわけではなかった。佐丸一家の若い衆は、みんな親分から盃を受けたと言っていた。盃さえ受けなければ、佐丸一家の身内になってしまうことはない、と良文は思っていた。ただ、小野ならどんな理屈でも付けてくるだろう、という気もしていた。

なぜ、渋谷の市場に干物を入れていることが小野にわかったのか、良文は考えていた。蛇《じゃ》の道はヘビというのは、こういうことを言うのかもしれない。

「出せるだろうな、上納は？」

チンピラが金をせびっているようなものだ。若い衆を束ねる立場の男の、言うこととも思えない。それだけ、佐丸一家は苦しくなっているということなのか。

「いくら？」

幸太が言った。金額を訊くことは、小野の言い分を認めるということで、良文は切り出す気がなかったのだ。

「額じゃねえよ。おまえらの儲けの五割」

「無理ですね」

即座に、良文は言った。

「俺たちも、食っていかなきゃなんないんです。それだけ出したら、なにも食えません」

「だからよ、商売の規模をでかくすりゃいいんだ。いまの十倍にしな。仕入れの金は出してやる。それをきれいに返した上で、儲けの分の五割がうちの取り分さ」

「小野、落ち目だからって、薄汚ねえこと言い出すんじゃねえよ。男で商売張ってんだろうが、あんたたち」

言い終った時、幸太は顔に四、五発食らっていた。倒れたところを、さらに蹴りつけられる。小野の脚にしがみついた和也も、遠くまで毬《まり》のように弾き飛ばされた。

「ああいう商売をやるだけの金を、おまえらがどうやって作ったかだ。それを訊かねえでいてやるんだ。恩に着て当たり前だぜ。俺が言った値段より、高く売って稼ぎやがったんだろう」

「そんな真似、するかよ。てめえが汚なきゃ、人も汚なく思えるのか」

倒れたまま、呟くように幸太が言う。また二、三発蹴りつけられた。気を失ったのか、幸太は動かなくなった。和也が、心配そうに這って近づいてきた。

「うちは、抗争で若い者《もん》を割けねえ。こんな時、一家のために仕事をしとくんだよ。そしたら、おまえらもただのガキじゃなくなる」

「盃、受けたわけじゃないです」

「ガキが、盃受けられると思ってんのか。おまえらが、ちゃんとした男だってことを、仕事で見せるまで盃なんて無理だ。わかってるな、仕事だよ」

「盃、受けたいとは思ってないです」

「なんだと。佐丸一家にめしを食わせて貰ってたの、忘れやがったか」

「店で働いてた。それは確かですよ。だけど、いい賃金ってわけじゃなかった。そっちも、便利に使って儲けたはずでしょう」

「なんで、てめえらを使ってやったと思ってやがる」

「俺たちが、隠匿物資の隠し場所を佐丸一家に知らせたから。あの品物で、佐丸一家は少なくとも百万以上は儲けたでしょう」

「あれが、おまえらの物だったってのか？」

「見つけたのは、俺たちです。ほかへ知らせてもよかったんですよ」

顔に拳がきた。二発まで耐え、三発目で良文は倒れた。蹴りはこない。しばらく時間を置いて、良文は立ちあがった。

「金、払いますよ」

「おう、それでいいんだよ。それで、痛《いて》え目に遭わなくて済む」

「二百円ぐらいです」

「いくらだと？」

「二百円。これまで儲けたのが、四百円ってとこですから、半分の二百円です」

「これまでのことはいい」

「払わなきゃならないなら、払います。よそで商売して、佐丸一家に金を払わなきゃならないとは、知りませんでしたから」

「それで、これからは？」

「商売、やめますよ。半分も持っていかれるんなら、浮浪児やってた方がましですから」

また拳を食らった。一発で、良文は倒れた。何発も耐えるのは馬鹿げたことだ。

「やめられねえんだよ、おまえらは。どうしてもやめるってなら、餅つきさ。そういう決まりなんだ。俺にもどうしようもねえぞ」

良文は、もう一度躰を起こした。幸太も、上体だけ起こしている。

「商売の額がでかくなりゃ、儲けもでかくなる。半分でも、おまえらなんとか食っちゃいけるさ」

「考えさせてくださいよ」

「考える時間なんて、やれねえな。おまえらは、やらなくちゃならねえんだ」

立ちあがりかけた幸太が、膝が折れたようになって、また倒れた。和也に支えられて、ようやく立ちあがる。

倉庫の中には、小野のほかに、若い衆がひとりいるだけだった。その若い衆は、良文たちの方を見ようとしない。

「俺は忙しい。言うことは全部言った。餅つきがいやなら、黙って働け」

「行っていいですか?」

「断っておくが、東京じゅうの、どの市場で仕事をしたって、俺にゃすぐわかるようになってんだからな。忘れるなよ」

幸太を支えるようにして、良文は倉庫を出た。幸太はしゃくりあげている。しばらく、暑い陽射しの中を、なにも喋らずに歩いた。泣いている子供の姿など、擦れ違う大人は気にしようともしない。誰もが自分のことで精一杯なのだ。

「殺してやるぞ。小野を殺してやる」

絞り出すような声で、幸太が言った。

「このままじゃ、俺たちゃ、血の一滴まで吸いとられちまう。俺ゃ、大将なんだ。みんなを守るのが仕事なんだ」

「少し落ち着け、幸太」

「やくざは、所詮やくざさ。汚ねえよ。男だなんだって、恰好つけてやがるだけだ」

「とにかく、いまの商売を続けるわけにゃいかなくなった。みんなが食える方法を、別に捜さなくちゃな」

「金があるじゃねえか、何万も。あれだけ金がありゃ、しばらくは暮せらあ」

「使えば、金があることが、小野にバレちまう。モク拾いでもなんでも、できることをやるしかない。俺たちにまでこんなことを言ってくるようじゃ、佐丸一家も長くないさ。潰れた時、また商売を考えりゃいい」

「小野の野郎をぶち殺す方が、手っ取り早いじゃねえか」

「そう簡単に、拳銃持ってるやくざを殺せると思うのか。逆に、おまえがやられかねないんだぞ。そうしたら、残った連中はどうすりゃいいんだ」

幸太が、またしゃくりあげはじめた。

3

烏城から、孔雀城に全員移った。

孔雀城のあるあたりにも、二軒バラックが建ち、工場に使っているようだった。いつまでも焼跡のままということはないだろう。

「米はあるからね、良」

　里子が言った。商売ができなくなったと伝えても、誰も理由を訊こうとはしなかった。良文と幸太の、腫れあがった顔が、すべてを物語っていたのだ。

　羊羹が、まだ二十本ほど残っている。孔雀城に移った夜、その一本を九個に切って、みんなで食べた。和也は、口に入れたままいつまでも呑みこもうとしなかった。

　小野は、良文と幸太を捜しているだろうか。いつまた襲われるかわからないのに、そんな余裕があるだろうか。とにかく、佐丸一家の市場には、当分近づかないことだった。

「なんか、元へ戻ってきたって気がしねえか、良」

「ここに隠した乾パン二個が、俺たちの朝めしだったよな。昼はなしで、夜に雑炊を一杯食っただけだった」

「あんな思いは、したくねえよ、もう」

「しないさ。してたまるか」

　孔雀城のまわりは、夜でも完全な闇ではなくなっていた。そう遠くない日に、ここを追い立てられるかもしれない。

　買出しは、続けることにした。ただし、食堂に納める分だけで、量はずっと少なくなる。一度の買出しで、儲けがせいぜい二百円というところだ。それでも、なにもしないよりはましだった。

ある日、買出しから戻った安夫が、泣きながら幸太を呼んだ。品物はちゃんと揃っているので、襲われたというわけではないらしい。

良文も幸太も、あまり外に出ないようにしていた。いつ、佐丸一家の連中に見られないともかぎらないからだ。

幸太と安夫は、長い時間、顔を寄せて話合っていた。ほかの四人は、なにも言おうとせず、一カ所にかたまったままだ。里子も和也も、遠くから心配そうに二人の様子を窺っている。

三十分以上話して、二人が戻ってきた。幸太が、ちょっと指で合図をして良文だけを呼んだ。

「買出しがいやだって言いはじめたのか?」

「違うんだ。そんな話じゃねえ」

幸太は、煙草に火をつけて、しばらく黙っていた。買い溜めておいた巻き直しの煙草を、幸太はまだいくつか持っている。

「安夫のやつ、おまえを怕がってやがる。おまえがなんと言うか、ひどく気にしててな」

煙が、風で流されていった。幸太が差し出した煙草を、良文は一服だけ吸った。肺に煙を入れても、もう気分は悪くならない。それどころか、頭がはっきりするような気さえした。

「あいつが、誓いを破るようなことをしたんなら、おまえが庇うのはよくないぞ」

「そんなことじゃねえんだ」

「はっきり言えよ、幸太」

もう一度、幸太の煙草をとって、良文は煙を吸いこんだ。

「家に帰りてえってんだ、安夫のやつ。哲も、近所だから連れていきたいと言ってる。はじめに聞いた時は、俺もたまげたさ。だけど仕方ねえよ。買出しの途中で家を見に行ったら、家族が帰ってきてるってんだから」

「親が、戻ってきたのか？」

「そういうことだ」

「なぜ、俺を怕がる？」

「仲間から抜けることを、おまえが許さねえんじゃねえか。そう思ってんだよ、あいつ。俺に、うまく話してくれねえかと言うんだ」

冷たいものが、良文の心の中に走った。つまりは、小野のようなやくざと同じだと思われていたということか。

「わかったよ」

「そりゃそうだよな。良ってのは、そんな男じゃねえ、と安夫には言っといた。そんなふうに思われると、俺もかなしいってな」

良文は、ちょっと眼を閉じた。親が戻ってきた。そんなこともあるのだ。

「行こう。みんな心配してる」

言って、良文は孔雀城の前まで戻った。

安夫ひとりが、ちょっと離れたところでポツリと座りこんでいた。里子が眼で問いかけてくる。良文はちょっとだけ頷いた。

「みんな集まってくれ。話がある」

良文と幸太が立ったところに、みんなが集まってきて腰を降ろした。少し離れている安夫を、良文は手招きして呼んだ。

良文と幸太に挟まれるようにして立った安夫は、まだうなだれたままだ。良文は安夫の首に腕を回し、頭を抱えこんで掌で軽く叩いた。

「ひとりだけ、いい思いをしようってやつがいる」

みんな黙っていた。良文は、安夫の首から腕を解いた。

「ただし、卑怯な真似をしたわけでもなく、裏切ったわけでもない。なんて言うか、運がよかったってことだ。安夫の家族が、家に戻ってる。だから、安夫は家に帰ることになった」

ひとりひとりの間に張りつめていた、緊張が解けた。代りに、微妙な空気が流れはじめる。やはり、ひとりだけいい思いであることには違いないのだ。

「哲は近所の家らしいんで、一緒に帰る。もっとも、哲の家族が戻ってきたわけじゃない。安夫の家族に苛《いじ》められたら、ここに戻ってきてもいいぞ」

「みんなこうなりゃいいんだが、これぱっかりは運に差があるからよ。安夫は、黙って消えちまおうと思えばそうできたんだ。それを俺に言いにきた。仲間だったからさ。短い間だったけど、一緒に苦労して生きた。俺ゃ忘れねえよ、そんな仲間がいたことをな。みんな、喜んで送り出してやれよ。それが、仲間ってもんさ」

幸太が言うと、全員が頷き、声をあげた。やはり、幸太の方が演説にはむいている。みんなの気持が、そちらに引きつけられていくのだ。

安夫が、ようやく笑顔を見せた。哲も、遠慮がちに笑っている。

「俺」

言いかけた安夫が、言葉をつまらせた。

「運がいいと言ったけどよ。ほんとは運が悪いかもしれねえんだぞ、安夫。家へ帰ったって、もしかすると芋しか食ってねえかもしれねえし、学校にも行かされる。いやなことを、いっぱいやんなきゃならねえってことよ。だからって、ここへ戻ってくるのは許さねえからな」

「悪いと思ってる、みんなに」

「行けよ。餞別《せんべつ》なんてやれねえからよ。みんなで拍手してやらあ」

持って帰る荷物は、せいぜい着替えのシャツとズボンぐらいだった。安夫と哲が、ふりむきながら遠ざかっていく。ぱらぱらと拍手を続けた。

それで終りだった。九人が七人になった。それだけのことだ。

買出しの指揮は、幸太がとることになった。和也は連れていかない。やはり足手まといになるからだ。里子は、孔雀城の住み心地をよくする仕事があり、良文には、干物を買ってくれる店を増やす仕事がある。

それだけの役割りを決めると、なんとなくみんなバラバラになった。

寝そべっている幸太のそばに、和也が腰を降ろした。顔が歪《ゆが》んでいて、いまにも泣き出しそうだ。和也の腰のあたりに、幸太が荒っぽく拳をくれた。和也が殴り返す。幸太は動かなかった。

「泣くんじゃねえぞ、和也。男ってのはよ、人が羨しくて泣いちゃいけねえんだ。俺の弟分なら、それぐらいのこと、わかるだろう」

和也の顔はまだ歪んだままだが、懸命に涙をこらえようとしているようだった。

良文は、ひとりで川のある方まで歩いていった。小さな川で、水は澄んでいる。幸太と二人で、躰を洗った川だ。石鹸もなく、肌にへばりついた垢をなんとか落とそうと、痛くなるまで擦ったものだ。

水際にしゃがみこむと、水面に顔が映っていた。大人びた顔になっている。自分が知らない人間であるような気がする。それでも、自分の顔だ。わかっていた。子供の顔をしていいてはならないと、ずっと思い続けてきたのだ。

考えるのはさきのことばかりで、思い出すことはほとんどなかった。済んでしまったことが、腹を満たしてくれはしない。

孔雀城に戻ったのは、夕方だった。

里子は、すでに食事の用意をして待っていた。白いめしと鯵《あじ》の干物が半分。悪い食事ではないのだ。それでも、みんなが黙りがちな食事だった。

和也が、わざとヘマをやって笑わせようとする。いつもそうだ。まわりの人間の気持の暗さを感じると、和也はいつもそうする。それで笑えることもあった。

「よさねえか、和也。俺たちは、明日買出しに行く。おまえは、きっちり良文を助《す》けなきゃなんねえんだぞ」

「わかってる」

幼い声で和也が言った。食欲だけはみんなあった。干物の頭と骨を、里子はまた焼いてきた。焼くとパリパリとして、それも食えるようになるのだ。

朝が早いという理由で、食事が終るとみんな横たわった。陽が落ちると、ロウソクをつけないかぎり、孔雀城の中は真っ暗だ。声をあげずに泣けば、誰にも見られはしない。

良文は、ひとりで外に出て、石の上に横たわった。ひんやりとして、背中が気持よかった。中よりも、外の方がずっと涼しい。ちょっと離れたところに、めしを炊いたあとの焚火の跡が、まだ消えきらずぼんやりと赤くなっているのが見える。

十月で、十四だった。あと五十日ぐらいのものだ。それから十五まで、一年間ある。当たり前のことを、良文は考えていた。考えるのは簡単でも、その時間が過ぎていくのに、どれほどのことが起きるのか。

「和也が、ちょっとかわいそうよね」

里子の声がした。近づいてくる気配をまったく感じなかったので、良文はびっくりして上体を起こした。

「泣いてるの。あの子だけは、隠しきれないみたいね」

「見てられなくて、出てきたのか？」

「仕方ないもんね」

良文のそばに、里子が腰を降ろした。躰が触れ合うほど近くだったので、良文はちょっとたじろいで、躰を離した。

「良と幸太は偉いと思う。みんな変んない歳なのに、泣くわけにもいかないんだもんね」

「これからどうしようか、考えるので精一杯さ。とにかく、みんな食っていかなくちゃならない」

「よく、食べていけると思う。浮浪児は、施設に入るしかない時にさ」

「心細いよ」

不意に、言葉が出てきた。いままで喋っていたのが言葉ではなく、はじめて言葉が出てきたような気がした。

「いつまで、やっていけるんだよ、俺たち。心細い。時々、なにもかもやめて、死んじまった方がいいと思うぐらいだ」

「あたしもよ」

「せめて、おまえぐらいの歳だったら、と思うな」

「良、泣くことなんかある？」

ないさ、という言葉を呑みこんだ。涙を流すのだけが、泣くことではない。

手が動いた。里子の躰にむかってだ。胸に触れた良文の手を、里子が押し返してくる。

「触らせろよ。触るだけだよ。やわらかいものに、触りたい。でなきゃ、泣いちまうかもしれないよ、俺」

里子の力が、ふっと消えた。シャツのボタンをひとつ弾き飛ばし、良文は里子の胸に手を入れた。全身が熱くなった。触れているものがなんなのか、考える前に躰が感じている。じっとしていた。涙がこぼれ落ちてきた。涙を流したのは、はじめてだと良文は思った。

「あんたたちに会わなかったら、あたしパンパンだったな。眠ってる時、眼が醒めちまうの。あんたたちに会ったの、夢だったんじゃないかと思って」

「やわらかい。それに暖かい」

「吸う？」

「そんなこと」

「あたしはいいんだ。処女じゃないんだから。無理矢理、復員兵にやられたわ。姉と二人で野宿してる時にね」

「よせよ。そんなこと言うな」

「そうだよね」

「おまえは、みんなのものでなくちゃならないんだ」

良文は手を引いた。いつまでも、里子の乳房の感触が掌に残っていた。

「頭を坊主にしたの、それから」

「よせって言ってるだろう」

良文は腰をあげた。女を知りたいという気持は、ほとんどなかった。佐丸一家の若い衆同士の話を聞いて、女というのはいいものなのだろう、と漠然と思っていただけだ。

闇にむかって歩いていった。

里子が呼んでくれるかもしれない。それを待ちながら、良文は歩いた。呼ぶ声は、聞えなかった。闇が深くなっていくだけだ。

4

干物を入れた箱を持って、銀座に並んでいる食堂を何軒か回った。

ほとんど、相手にしては貰えなかった。売るのはもっと新しいもので、これは見本だと説明しても、笑われるばかりだ。

「どうも、漁師が直接売りに来てるって感じだな」

言う相手は、幸太ではなく和也だった。まともな返事は返ってこない。

「このままじゃ、商売もやりにくくなっちまうな。魚ってのが、駄目なのかな」

「ぼくらが、子供だからじゃない？」

「買うってとこが、ないわけじゃないんだ。ただ、大きなとこは駄目だ。少しずつ売り歩くんじゃ、行商だもんな」

「それじゃいけないの？」

「あのな、一軒一軒売り歩くような真似すると、足もと見て値切ったりするんだよ。そのうち古くなって、捨てるのと同じような売り方をしちまう。だから、はじめから話を決めておいて、どっと運びこむようにしなくちゃなんないんだ」

人ごみを歩く時も、良文は胸を張っている。コソコソすれば、警官が話しかけたりしてきそうだ。ただ、市場には入らなかった。どこで佐丸一家の人間に見られるか、知れたものではないのだ。

小野は、いつまでも顔を出さない良文と幸太に、腹を立てているだろう。いつまた喧嘩《でいり》になるかわからない状態では、若い衆を動員して捜すことなどできないはずだ。それでも、見かけたら引っ張ってこいぐらいのことは、言っているに違いない。

小野のやり方がひどいと、誰に訴えても仕方のないことだった。小野の方が強い。それだけのことなのだ。小野より強くなるまで、小野の眼を逃れているしかない。

小さな市場があった。

銀座を離れ、品川に近づいたあたりだ。お台場の施設のことを思い出して、このあたりを良文は好きではなかった。

市場を覗いてみた。大したものは売っていない。焼け残ったものを、ただ並べているというような店が多かった。こんな場所だと、店を出すのも安くて済むのかもしれない。目立ちもしないだろう。だが、売らなければならないのだ。

「ここの市場なら、佐丸の与太者はいないかもしれないね、良さん」

「店を出しちまえばいい、と思ってるんだろう、和也は」

「店を持っちゃいけないわけ?」

「難しいんだよ。警察の許可がいる。いくら金があったって、子供じゃ駄目さ」

「悪いこと、なにもしてないでしょう。前に、安夫さんたちを襲ったのも、大人だった。大人の方が、悪いよ」

「わかってるよ。だけど、こういうことは全部、大人が決めちまうんだ。仕方ないだろう。大人から見れば、子供はどんなんでも、同じ子供なのさ」

その市場で、佐丸一家の若い衆には見つからなかった。しかし、目黒で、見つかった。追いかけてきたが、走って逃げた。人と人の間を縫い、途中で和也とはぐれた。

やつらがどこにいるか、見当がつかない。だから、東京じゅう、どこを歩いていても注意していなければならない。

上野、浅草、御徒町《おかちまち》、その周辺の市場には、絶対に近づかないようにしていた。鳥城へも行かない。大鷲城のことは、小野も知りはしないだろうが、誰かに出会《でくわ》す危険があるので行かない。孔雀城が、やはり一番安全だった。

牛込から神田の方を回って、深川へ帰った。

「和也は?」

孔雀城から出てきた里子が言う。

「まだ、戻って来てないのか。途中で、佐丸の若い衆に追いかけられた時、はぐれちまったよ」

帰りの道筋は、いくつも教えてある。大森のあたりへ、ひとりでよく行ったりしているらしいから、帰れないということはないはずだ。

それでも、多少気にかかった。すでに夕方で、もうすぐ陽が落ちる。捜しに行こうにも、心当たりはなかった。追われたのが三時ごろだったはずだから、真直《まつす》ぐ戻れば、とっくに着いているはずだ。

買出しの連中が帰ってくるのは、多分明日の正午すぎだろう。それまでは、捜すための人手さえもない。

「帰ってくるよ。和也は、頭の悪い子じゃないんだから」

「心配はしてないさ」

暗くなってきた。食事は和也が帰ってからということにして、孔雀城の外に腰を降ろして待った。このところ、陽が落ちる時間が早くなっている。

「大森まで、足をのばしたんじゃないかと思うな、あたし」

「俺は、はじめからそう思ってる」

「心配で仕方がないって、顔に書いてあるわよ、良」

良文は、舌打ちをして孔雀城に入り、莫蓙《ござ》に横たわった。もともと、拾った野良犬のようなものだ。いなくなったところで、誰が悲しむわけでもない。

野良犬が、何匹か孔雀城に集まっているようなものだった。一匹だけ、幼い野良犬がいた。そんなことを、漠然と考えた。

里子が入ってくる気配があった。そばに横たわる。

「なんだよ。なにしてる?」

里子は裸だった。

「あたしは、良が好きよ。いつも冷たそうなことを言うけど、ほんとはやさしいのよ」

「だからって、おまえ」

「言ったじゃない、処女じゃないって。姉さんと並べられて、復員兵どもにやられたって」

「そんなことをしないために、坊主になったんじゃなかったのか、おまえ」

「このまんまじゃ、よくないと思うのよね。幸太が、時々あたしに手を出そうとするわ」

「幸太が?」

「どっちのものだって、決めといた方がいいような気がする。良とあたしがそうなれば、幸太は諦めるよ。そういう性格のやつだもの。それに、幸太は好きじゃない。嫌いでもないけどね。いつか、馬鹿なことをやってしまいそうな気がする」

「よせよ」

胸にのびてきた里子の手を、良文は弱々しく押し返した。

「あたしが、態度をはっきりした方がいいのよ。良と幸太が、あたしのせいで別れるなんていやだから。いまなら、まだ大丈夫」

顔に、里子の息がかかった。横たわっているのに、めまいがして倒れていくような気分だった。手が握られ、それが触れたことのない繁《しげ》みのところへ持っていかれた。気だるいような、なにもかも投げ出してしまいたいような気分に襲われた。眼を閉じた。指で、繁みを探った。不意に、なま温かく濡れたものに触れて、良文はとっさに手を引いた。

「そこでいいのよ」

里子が言った。良文は、里子の躰を押しのけた。外へ飛び出していく。しばらく、胸がドキドキしていた。煙草を吸いたいと思ったが、幸太が持っていってしまっている。

長い時間、風に当たっていた。

「遅いね、和也」

里子が出てきて言った。ちゃんとシャツもズボンもつけているので、良文はほっとした。里子は立ったまま、遅いね、ともう一度言った。

かすかに『老犬トレー』の口笛が聞えてきたのは、それから一時間もしてからだった。

「なにがあった？」

和也の顔を見ると、良文は言った。

「大森へ行ってたのか？」

和也が、かすかに頷いたようだった。良文は、和也の頰に手を飛ばした。頰を押さえた和也が、じっと良文に眼をむけてくる。闇の中で、眼は白く光って動かなかった。

「大森へ行ったっていい。だけど、あんなことのあとだ。すぐ帰ってこい。おまえがどうしたのか、ずっと心配するじゃないか」

「行って、じっとしてたら、なんか動きたくなくなっちゃって」

和也は、まだ頰を押さえたままだった。

「腹、減っちまったろう」

良文は、和也の肩に手をのばした。和也がまた頷いたようだった。

「里子、めしにしようぜ」

孔雀城に入り、ロウソクに火をつけた。和也が泣いていることに、良文ははじめて気づいた。放っておいた。なにかあれば、一発張り飛ばされるだけでは済まないのだ。

「ずっと待ってたんだからね、和也を」

里子はそう言い、ひとつだけある鍋を火にかけるために外に持っていった。

「まったく、どこ歩いても佐丸一家の若い衆がいるような気がするぜ。せいぜい五、六十人ってとこだろうにな」

「大森の、家の跡にいたら、急にどこも行きたくなくなっちゃって」

「大森へ行くのはいい。動きたくない気持もわかる。だけど逃げてバラバラになったあと、こんなに遅くまでいるってのは、人の気持を全然考えてないってことだぜ」

「良さんが、そんなに心配するとは思ってなかった」

どういう意味で言ったのかは、よくわからなかった。誰がどうするだろうということは、自分で決めてしまう。そういう幼さは、まだ捨てきれていないのかもしれない。

「ぼくなんか、いない方がいい、と思ってるんじゃないか。なんにもできずに、めしを食うだけだし。良さんは、ずっとそう考えてると思ってた」

「市場の真中に捨ててきちまうからな。おまえは、めしをひとり分食っても、ひとり分の働きなんてできない。それが悪いとは言わない。おまえの歳で、俺たちと同じにやれと言う方が、無理なんだ。だけど、仲間だろう。その仲間に、心配をかけないようにするぐらいのことは、できるはずだ」

「わかったよ」

「おまえを、苛める気で言ってるんじゃないぞ。安夫の家族が現われたりすりゃ、俺や幸太だって、喜びながら、片方で泣きたい気分になる。みんなの家族が現われて、自分だけ現われなかったらどうしよう、という心細さもある」

「良さんも？」

「当たり前だ」

「ぼくは、みんなに迷惑をかけてるだけなんだね、いつも」

「誰も、迷惑なんて思っちゃいない。俺にだって、七つの時はあった」

「わかったよ」

「わかりゃいいさ。子供の食い物を、大人が襲ってきて持っていったりする。そんな世の中なんだ。みんな必死で、おまえのことを構ったりしないかもしれないが、いなくなりゃ本気で心配する。そんなこともできないような人間には、俺はなりたくないね」

良文は、立てた膝に両手を回して抱えた。ロウソクの炎が、かすかに揺れ動いている。それが、部屋全体を動かしているような感じだった。

しばらくして、外で良文を呼ぶ里子の声がした。

「腹、減ったな。腹が減るってのが、一番つらいよな」

「良さんと幸太さん、ここにいる時は、ひどく貧乏してたんだって？」

「ああ、ひどいもんだったぜ」

貧乏という言葉がおかしくて、良文は声をあげて笑った。あれは、貧乏などというものではなかった。下手をすれば、飢えて死ぬという瀬戸際だった。それでも、死ぬことだけからは逃れることができそうな施設へ、戻ろうという気は一度も起きなかった。

「人間ってやつにはさ、和也、自由ってものが必要なんだ。たとえ死んでも、それだけは失いたくない、と思うことがある」

良文がなにを言っているのか、和也にはよくわからないようだった。雑炊の匂いが漂ってくる。全部忘れた。焚火にかけられた雑炊の前に腰を降ろす。

「お母さんみたいだね、里子さん」

和也が言って、嬉しそうに笑った。

ブリキの容器ではすぐに持つことができず、良文と和也はそれを石の上に置いて、息を吹きかけた。入っているのは野菜の屑と、鰊《にしん》の身を細かく刻んだものだ。

「明日は、幸太たちが荷物を担いで帰ってくる」

それをどうやって捌くか、ということを考えれば、頭が痛かったが、仲間はやはり揃っていた方がいい。

5

孔雀城が襲われていた。

良文は、牛込の市場にある店と、話をつけて戻ってきたところだった。幸太と明がいなかった。和也を真中にして、征志と健一がぼんやりと腰を降ろしていた。

「襲われたって、どういうことなんだ？」

「わかんねえ。中の荷物は全部やられちまった。毛布なんかもね。里子が、中でひとりで泣いてたんだ」

「幸太と明は、健一？」

「捜しに行ったよ。襲ったやつらをさ」

「前に、安夫たちを襲ったやつらと同じか？」

「大人じゃなかったらしい。子供だって里子は言ったらしいよ」

浮浪児の集団は、上野周辺だけでもいくつかあった。大抵は、かっぱらいをやる。十人ほどでまとまってやれば、大人もとっさには追いかけられないのだ。灰を石と一緒に紙で包んで、眼潰しにしたりするという。実際にそれを使うところは見たことがなかった。

「里子は？」

「まだ、中さ。ずっと出てこない。入るな、と幸太に言われたよ」

良文は、はずれかかった扉を押しのけて、中に入った。里子は仰むけに横たわり、ぼんやりと眼を開いていた。ズボンやシャツを躰にかけているだけで、下は裸らしい。それをかけたのも、里子だとは思えなかった。

「何人だった、襲ってきたの？」

「六人かな。和也みたいな子供もいたよ」

「おまえが女だってことも、ここに買い出してきたばかりの干物があるってことも、知っていたんだな、やつら？」

「みんな、知ってた」

　時間をかけて、調べられていたのかもしれない。幸太が、二度目の買出しから戻ってきたばかりの時だ。一度目の時は、大量の干物を売り捌くのに、全員で東京じゅうの食堂を走り回らなければならなかった。それが、かなり目立ったはずだ。佐丸一家に見つかることだけを心配していたが、他人の獲物を狙う狼《おおかみ》はほかにもいたということだ。

　里子の状態をできるだけ考えないようにするために、良文はそのことで頭をいっぱいにした。考えなくても、里子の状態はわかる。

「二人で、追っかけやがった、明と」

「良、幸太を止めてよ。放っとくと、なにやるか知れたもんじゃないよ」

「いないんだ、もう」

「帰ってきたら、どこにも行かせないでよ。あたし、やられたぐらいじゃ平気だから」

　言葉に詰まった。背をむけ、良文は外に出ようとした。

「二人だよ。二人しかできなかった。ガキが指突っこんだり、棒突っこんだりしたけどね。できたの、二人だけよ」

「もう言うな、里子」

「これだけにしときたいよ。これでなにかあるようじゃ、あたしたまんないよ。あたしはどうだっていいんだから」

「わかったよ。おまえ、早いとこ服を着た方がいい」

良文は、外へ出た。明るい陽射しに、一瞬眼をすがめる。

なにが起きたのか、とぼんやり考えた。わかりきっていることを、わからないことのように考えた。和也がそばに近づいてくる。坊主頭に、良文はちょっと手をやった。

二時間ほどして、幸太は戻ってきた。里子は、もう普通に振舞っている。

市場に売るはずだった干物が奪われた。それだけのことだったと思うしかなかった。

里子を残した全員が出かけてしまう。いままでにも、ないわけではなかった。

金を出し、その夜のためだけの食料を、健一と征志が買ってきた。全員が、無言でそれを口に運んだ。

雑魚寝《ざこね》をすることしか、残っていなかった。良文は、明を外に連れ出していろいろと訊いたが、なにも見つからなかったと答えるだけだった。

「どこへ行くんだよ、良？」

孔雀城を出ようとすると、幸太が訊いてきた。

「大鷲城」

「なぜ？　危《やば》いぞ、佐丸の若い衆が見張ってるかもしれないし」

「そんな暇があるか、あいつらに。隠すものを、もっときちんと隠しておかなきゃと思ってな」

さらに言おうとする幸太を無視して、良文は外へ出た。

闇。うずくまった。そのあたりに転がっている、石のようなものだ。心の中で、なにかが咆《ほ》えている。自分とは違う動物が、自分の躰の中にいるような気がした。息。

闇の中で、自分の息をじっと聞いていたことがある。あれはいつだったのか。あの時、躰の中に、咆え声をあげる動物はいなかった。不安が渦巻いていただけだ。

いま聞いている息は、自分の息ではなかった。そういう気がする。なにかわけのわからないものの、息遣い。

長い時間、じっとしていた。

黒い影が二つ、孔雀城から出てきた。足音を忍ばせるようにして、歩いていく。良文も腰をあげた。自分の足音が、猫のもののように消えている。口笛。『老犬トレー』。二人が、弾かれたようにふりむいた。

「行こうぜ」

それだけを、良文は幸太に言った。歩きはじめると、明が少し遅れて付いてきた。

幸太はなにも言わない。少し短くしてリュックに隠しやすいようにした木刀を、左手にぶらさげているだけだ。

一時間ほど歩いた。街の方へではなく、さらに海に近い方へだ。前方に、かすかな灯が見えた。焚火らしいと気づいたのは、もっと近づいてからだった。

「やつらなんだ。酒と食い物で浮かれてやがるんだろう」

良文は、ただ頷いた。

三人で、闇の中にうずくまった。けものの息遣いが、三つ重なった。どれほどの時間、そうやっていただろうか。もう夜明けが近くなっているような気がした。ひとりでうずくまっていた時間と、三人で待っている時間の、どちらが長いかもわからなかった。どちらにしても、時間を長いとは感じなかった。

焚火のまわりの騒ぎが、ようやく収った。みんな眠ってしまったのだろうか。

「十五のやつが二人いる。あとは、一番上で十二、それからガキばっかりだ」

できたのは二人だけだ、と里子が言った声が、蘇《よみがえ》ってくる。幸太が立ちあがり、良文も明も立った。明は、短い鉄の棒を持っている。

「全部で六人さ。六人とも、俺は殺したい」

「行こうぜ」

十五歳が、怕いとは思わなかった。そういう感情が、どこかへ飛んでしまっている。

自分が自分ではない。やはりそうなのだ、と良文は思った。

近づいた。足音も消さず、身を隠したりもしなかった。

焚火。まだ熾《おき》が残っている。

叫び声。幸太のものなのか。明のものなのか。いや、自分のものだ。

焚火から、火の粉が舞いあがった。跳ね起きた大きな影に、良文はロープを叩きつけていた。なにも、考えなかった。躰だけが動いていく。躰がぶつかると、なま温かいものが顔に飛んできた。ロープ。打ちつける。鈍い音だが、手には痺れるほどの感覚がある。叫び続けていた。荒々しいものと背中合わせに、快感に似たようなものがある。

相手が見えてきた。夜が明けはじめたのだと、ロープを振りながら良文は思った。眼の前に倒れているのは、大柄な少年だった。顔が血にまみれている。振り降ろすロープを、両手で顔を庇うようにして避けるだけだ。

三人ばかりが、転がっていた。

「良っ」

言われて、良文はふっと手を止めた。息苦しさのようなものが襲ってきた。大きく息をつく。しばらくして、自分の心臓の動きが感じられた。

五人が、足もとにうずくまっていた。なにが起きたのか。一瞬、本気でそう思ったほどだ。息を整えた。声は出ない。肩が上下しているだけだ。

「勘弁してくれよ」

弱々しい声が聞えた。

「俺たち、腹が減っててよ。あそこで、毎日めしを炊いてるのを、隠れて見ててよ」

半分、泣き声が入り混じっていた。

良文は、まだ大きく息をし続けていた。周囲は薄明るく、みんな黒っぽい血にまみれて汚れていた。

「良、落ち着けよ」

幸太の声が、はじめて聞えた。

「落ち着いてる」

「いや。どうなっちまうかと思うほど、暴れてたよ、おまえは」

「殺すんじゃなかったのか?」

「おまえが、こんなに暴れなきゃ、俺の方が暴れてただろうさ。おまえに、お株を取られちまったみてえなもんだ」

六人いた。ひとりは和也ぐらいで、背中を丸くして泣いている。大柄の二人が、十五歳なのだろう。もうひとり、頭から血を流している少年の顔を見て、良文は声をあげた。大谷だった。

「おまえ、なんでこんなとこにいる?」

「俺は」

大谷は、ふるえる声でそう言っただけだった。親父や兄貴は、どうしてしまったのか。あの隠匿物資が洗いざらいなくなって、やはり浮浪児になるしか仕方がなかったのだ。

「おまえの家、でかい食堂だったじゃないか。やってないのか？」

「俺は」

それだけしか、大谷は言わなかった。

「とにかく、こいつらがかっぱらいさ。働きもしねえで、同じ浮浪児仲間を狙いやがった。頭の二人は、このままってわけにゃいかねえ。躰の芯にまで、焼き入れなきゃな」

殺す気が、幸太にはなくなったようだ。それでいいのだ、となんとなく良文は思った。充分すぎるぐらい、二人は傷だらけになっている。ロープで打ち続けた記憶が、いまごろになって蘇ってきた。

「勘弁してくれよ、俺たち腹が減って」

大柄のひとりの方が、泣きながら言う。もうひとりは、ぐったりして喋ることもできないようだ。時々、瞬《まばた》きをしているだけだった。

良文は、少年たちから空に眼を移した。晴れている。そう思っただけだ。

肉を打つ音がした。叫び声。それも遠かった。じっと空を見あげていた。

腕を引かれた。明だった。

「帰ろう」

幸太が言った。良文は頷いた。

第五章

1

干物のように、あまり長く保たないものを買い出してくるのはやめにした。

和也を連れて、時々良文は市場に入った。羊羹を二本。それを買ってくれる相手を捜す。羊羹もほとんど底をついていて、次になにかに交換できるものといえば、煙草ぐらいのものだった。

羊羹二本で、七人が一日食べられるものはなんとか手に入れられた。食べる物が粗末なのを我慢すれば、二日は保つ。

「なんか、根もとのところから変えねえかぎり、同じことが起こるような気がするな、良《よし》」

幸太も、買出しの商売が、いつまでも安全に続けられると思ってはいないようだ。

「考えるのは、おまえの仕事だぜ」

「押しつけるなよ。俺もつらい」

「わかってるけどよ、俺たちの頭じゃ、なんにも出てこねえよ」

「金は、腐るほどある。食べていくのに困りはしないんだ」

「そりゃわかってるが、一年さき、二年さきってことを考えるとよ。やっぱり、金のあるうちに、なにかやらねえことにはな」

「おまえが、さきの話をするのか」

良文は笑ったが、幸太は真剣な表情をしている。

考えていることは、ひとつあった。市場に店の権利を持っていて、それでも品物が少なくて困っている店と、うまく話をつけるという方法だった。品物を仕入れる金だけを、こちらで出し、それを売って得た利益の一割とか二割を店に払う。お互いに、損はないはずだ。

しかし、いざ店を見つけるとなると、どれも不安だった。大人を信用してはならない、という考えが、躰の芯にしみついている。

新橋の市場の一軒に、良文は眼をつけた。そこは、古い時計とか鋏《はさみ》とか、ほんの少量の煙草などが並べられているだけで、とても店を続けていけるとは思えなかったからだ。店にいるのは、五十ぐらいの痩せた男で、あまり人が覗かない売場の奥で、耐えるようにじっと座っているのだった。

佐丸一家のことを気にして、市場に出入りしない、などという要心は、する余裕がなくなった。見つからないようにする。それで何度かなにも起きずに済めば、大丈夫と思うしかない。

佐丸一家の市場は、前ほどの賑《にぎわ》いはなく、もうすぐ潰れてしまうだろうという噂だった。佐丸一家も、その時は潰れてしまうはずだ。

一日に二度、良文は新橋の市場にその男の様子を見にいった。

「良さん、この市場には佐丸のやつら、いないよね」

確かめるように和也が言うのは、怕がっているからだ。それはわかったが、ひとりで行ったり、幸太と行ったりするより、兄弟で連れ立って歩いている、という感じの方が安全だろう、と良文は思っていた。

「ぼく、良さんが外で待ってる間に、中を見てきてもいいよ。佐丸のやつらの顔だって、大抵は知ってるし」

「いいんだ、和也。無理するな」

「ぼくだったら、捕まってもそんなにひどいことはされないと思う」

「誰も、おまえに危ないことをさせようなんて思ってないさ」

口では言ったが、ほんとうは和也が見てきてくれると、好都合だった。小さくて目立たないし、それなりにすばしっこいところもある。良文や幸太では通り抜けられないような隙間も、和也なら通り抜けられる。

店の男に話を持ちかける踏ん切りが、なかなかつかなかった。襲われてから五日も経つと、幸太たちは二度の買出しをこなし、米と芋が孔雀城にはかなりたまっていた。

「物を置いとくのは、危《やば》い。いやというほどそれはわかってるんだぜ」

幸太は、良文をせかしはじめた。

里子は相変らず、なにもなかったように、全員の食事を作っている。洗濯もし、繕いものもする。

良文は、あまり里子と言葉を交わさなかった。話す用事がなにもない、と自分に言い聞かせた。良文と幸太と明がやったことを、里子はなにも知らないはずだ。

九月に入っても暑い照りつける日が続き、雨など降りもしなかった。

ラッキーストライクを二つ持って、良文は新橋市場の男のところへ行った。

「巻き直しかね、こりゃ？」

男は、良文が差し出した箱を手にとって、じっと見つめた。人の好《よ》さそうな表情をしている。どことなく、落ちくぼんだ眼が気弱さも漂わせていた。

「これを、ここで売ってくれませんか？」

「兄弟かね？」

そばにいる和也を見て、男が言った。良文が答える前に、和也がはいと返事をする。

「売れって、どういうことなのかな？」

ちょっとほほえんで、男が言った。

「売る気になれば、みんな買うんじゃないかね、その辺の男は。どう見たって、これは本物だものな」

「三つ持ってたんですよ。ところが、買ってくれって渡したとたん、おっさんは走って逃げちゃいました。だから、もう二つしかない」

煙草は、大きな箱に十個詰めのものがまだ二十五個残っている。バラすと、二百五十個のラッキーストライクだ。それだけは、佐丸一家の店でも売らず、大鷲城のあるところに隠してあった。なにかあった時の、最後の切り札というやつだ。

「ひどい大人がいるもんだな」

「こうして店を出すの、金がいるんでしょう。だから、売れた金の八割だけ貰えばいいですよ。端っこに、ちょっと置いてくれるだけでいいから」

「そりゃ、構わないがね」

「店の中で、一緒に待っていいですか、うちの弟と？」

「いいよ。店番するほどのものが並んでるわけじゃないが、ラッキーストライクの本物が二つ入れば別だ。こんな高級品、ひと月以上も並んだことがないね」

良文は、和也と店の中に入った。

新橋の市場は、佐丸一家の市場よりずっと大きかった。その分、人も多く、品物も溢れている。二十分ほどで、ラッキーストライクは二箱とも売れた。

「店さきをちょっと貸しただけで、二割も貰うのは悪いような気がするがね。私も、お金は欲しい。悪いが、貰ってしまうことにするよ」

「助かりました、俺たちも」

「本物だったんだね、やっぱり。封を切って火をつけるなんて、ずいぶんと疑い深い人だと思ったが、それだけ偽物が出回っているということかな」

「そうなんでしょうね」

「また店さきを貸してあげよう、と言うのはちょっと虫がよすぎるか」

男が笑った。古びて疲れきってはいるが、着ているものは清潔だった。人は悪くなさそうだ。どことといって特徴はないが、指が女のもののように細く、神経質そうだった。

「もう、煙草はないんですよ」

「まあ、三つ持ってて、二つは売れたんだ。それでよしとするんだね。私なんか、一日ここに座っていて、なにも売れないという日が、三日も続いているよ。古い時計や鋏じゃね」

男は、二割の分け前を丁寧に数え直し、良文を見てにこりと笑った。店の前を通る人間も、もう品物にちょっと眼をくれるだけで、足を止めようともしない。

「ずっと、時計を並べてるんですか？」

「まさか。食料を売るのが一番よさそうなんでね。三日前までは、食料が並んでたさ。買出しで、経済警察に没収されてね。新橋の駅を降りたところでだよ」

「運が悪かったですね」

新橋や上野などというところで、決して降りてはならないのだ。警察は、大抵そういう大きな市場のある駅で待ち伏せをしている。駅を二つか三つ手前にする。そこで降りて、あとは歩くのが一番安全だった。おまけに骨壺を担いでいたりすると、警官もその日は駄目だという気分になるらしい。

「闇を取締る警官だって、闇をやらなくちゃ食べていけるはずはないんだ。言ってみたって仕方がないことだが」

「どこか、間違ってますよ」

「戦争に負けたんだからね。戦争中も、戦争に負けてからも、苦しむのは普通の人間ばかりだけど」

男は良文と和也を見較べ、また力なく笑った。

「俺たち、売れる食料を少しなら持ってますけど。それをここで売らせて貰ったら、また二割払ってもいいです」

「ほう。なにをだね？」

「米が五升ばかり。芋が三貫目ってとこかな。俺と弟の食料なんですけどね。売って、食堂で別なものを食べた方がいいや」

「ほんとかね。私も、組合費や支部費、ゴミ銭なんか、今月は一円も収めていない。下手をすると、鑑札を取りあげられる、と覚悟していたんだ」

その鑑札を、子供では手に入れることができなかった。二割の上前で店さきを借りられるのなら、そんなに安いことはない。

「ほんとに、それを売らせてくれるなら、鑑札も取りあげられずに済むな」

「どうでもいいんですけどね。俺たち、金は持ってないんですよ」

「しかしなんで、米を五升も持ってるんだね？」

「持ってきたからですよ、金の代りに。栃木に祖父《じい》さんがいて、農業やってるんです。親は東京だったから、食料を担いで捜しにきたってわけなんです」

スラスラと嘘が出てきた。

「私にも、君のお祖父さんのところで、買出しをさせてくれないかね？」

「それはできるでしょう。新米がとれたらですけど。食料がなくなったら戻ってこい、と言われてるけど、親が見つかりそうだと言えば、祖父さんの方から米を持ってきてくれるかもしれない」

「新米というと、あとひと月というところだね」

男の表情が綻んだ。笑うと皺の深い顔だった。

「なあ、虫がいい申し出だが、私とここで商売をやろうよ。君たちの米を、私の店で売らせてくれないかな」

「俺たち、店番はできませんよ。ほんとに、親父とおふくろを捜さなきゃならないんですから」

「店番なんて、私ひとりいれば充分さ。それより、売る物があるかどうかなんだよ」

「米ならね」

「それが一番だ。日本人は、米を食べなきゃ生きていけないんだから。大人の私が、君たちを利用するみたいな恰好で気がひけるが、考えてみてくれないかね。お金があった方が、君たちも長い時間、御両親を捜せるだろうし」

飛びつきたいのを、良文はこらえていた。まだ、名前を知りもしない相手なのだ。男の眼が、はじめて窺うような光を帯びた。

「米は、炊かなきゃならないから、面倒臭いよな」

和也の方を見て言った。和也が、神妙な顔で頷いた。

「ラッキーストライクも、祖父さん、くれるかな？」

「わかんないね。あれは大事だから」

教えなくとも、和也は話を合わせてきた。

「あのラッキーストライク、お祖父さんが持ってたのかい？」

「あれで米を売っちまうんですよ、祖父さん。おばあちゃんには、止められてるんですけどね。東京に出てくる時、金になるからって、三つだけくれましてね。それでも、惜しそうな顔してたな」

「新米が出るまでか。それまでは、米を分けて貰うのは無理なんだろうか」

「倉にある米を出せばいいんだよな。二、三俵出したって、東京じゃ結構な金になる」

「二、三俵だって」

男が、良文の肩を摑んだ。思わずそうしてしまったという感じで、良文が後退りすると、はっと気づいたように手をひっこめた。

「私は、関口という者だ。名前を言ったところで、すぐに信用なんかできないだろうけど、おかしな人間ではないよ。機械工場の技師で、戦争には行かなくて済んだ。だけど、爆撃で設備が全部やられてね。工場が再開されるまでは、ここで稼いで生活していかなくちゃならないんだよ」

「わかりましたよ」

「わかってない。君たちはまだ、東京で生活することの大変さなんて、絶対わかってないと思う」

「とにかく、考えてみます。今日はラッキーストライクが二箱売れたわけだし、どっちにしても、明日は米を持ってきますよ」

「君、名前は？」

「岡本です。俺が良夫で、弟が和夫」

でたらめの名前は出てこなかった。岡本の名前が、なぜ出てきたのかはわからない。

「手を組んでくれ。恩に着るよ」

「米なら、いろんなとこで売ってるみたいだけどな。いいんですか？」

「いくらあっても、足りはしないんだよ。いまの世の中、物を持っている者が勝ちさ」

「じゃ、祖父さんに手紙でも書いてみるか」

「ありがたいな。なんなら、私が栃木まで挨拶に行ってもいい」

「そんなことしたら、祖父さん高いこと言って、儲けなんてなくなっちまいますよ。な、和夫。右手に二つ、左手に三つも時計をしてんですから。みんな米と交換したもんですよ」

和也が頷いている。

関口が、良文の耳もとに口を寄せてきた。囁き。ちょっと気味の悪いような仕草だった。

「わかってますよ。ほかの店に話なんか持っていきません」

良文は和也の肩に手をかけ、軽く頭を下げた。

新橋の市場を出ると、良文は海の方へむかって歩いた。関口の店を使うのは、悪くなさそうだった。大人にも、信用していい人間というのはいるはずだ。そうでなければ、人間とはなんなのだ、と思わざるを得ない。

人の姿が少なくなった。

「大森の方へ行ってみるか、和也」

店が見つかったという思いが、良文の気持を軽くさせていた。和也が頷く。良文に平手打ちを食らってから、一度も大森に様子を見には行っていないはずだ。

「親は親なんだ、どんな時だってな。俺はそう思う。だから、おまえが親を捜そうって気持は、悪いことじゃない。ただ、俺や幸太にちゃんと断ってから、行くようにしろよ」

まだ、夕方までには間があった。大森へ行き、しばらく海でも眺めて戻れば、ちょうど夕食時という感じだろう。

2

米を五升と、芋を一貫目担いでいった。

関口は店に出てきたばかりらしく、箱から古い時計を取り出しているところだった。

「やあ、こいつはすごいな」

リュックの中身を見て、嬉しそうな声をあげる。和也も、芋を二貫目担いできた。関口の店は、急に賑やかになった。米は一合ずつ、芋は一個ずつ売るつもりらしい。硯《すずり》で墨をすって、早速値段を書きはじめる。米と芋に値段が付けられると、いかにも店らしくなった。

「久しぶりだなあ、私の店がこんなになるのは」

「でも、米のままじゃ、大した儲けにならないんですね」

「雑炊とか芋粥《いもがゆ》とか、考えられないこともないがね。客は味と量を見るそうだ。つまり普通の作り方じゃ駄目ってことでね」

ほんとうは少ないものを、水などを使って多く見せかける。そういう方法も必要なのかもしれない。とにかく、はじめたばかりだった。

「ところで岡本くん。君たちは、どこを宿にしてるんだね。きのうは、品物の話に夢中で、それを訊くのを忘れていた」

「田町の、大叔父の家です。栃木の祖父さんの弟になる人ですよ」

「ほう、田町ね。家は、焼け残ったの？」

「なんとかね。大叔父は寝たっきりで、いつ死んでもいいなんて言ってます。食料は、祖父さんのところから届けられてますけどね」

昨夜考えたことを、良文は順序立てて言った。関口は信用できそうだ。しかし、すべてを信用したわけではない。

「食事なんかは？」

「娘っていう人がいるんです。親父の従妹《いとこ》ですけどね。足を悪くしてるんだけど、家のことぐらいはできるんです」

「地方に親戚があるって、いいことだね。いまの東京で、そういう人が食料を手に入れるだけでも、大変だろうけどね」

「空襲の時は、死んでもいいって気で、避難もしなかったそうですよ」

「足が悪い人と、寝たきりの人じゃね」

「大叔父たちもお金がいるんで、ここで米を売らせて貰うと、助かります」

話に食い違うところが出ないように、慎重に言葉を選んだ。両親は日本橋の呉服屋だったが、栃木から戻ると焼野原で、消息も知れていない。それも昨夜考えた。和也にも、何度も話して聞かせた。和也に話すことで、次第にそれがほんとうのことのように思えてきたほどだった。

幸太は、三人を連れて買出しに行った。

かなりの量を仕入れるつもりらしく、骨壺の中身も空っぽにして、米が入るようにしていた。警官が、骨壺の中まで調べたことはないらしい。

「御両親の心当たりは？」

「いくつかあります。立川の方と、横浜のさきの方と、世田谷の方です。ほかにも、三つばかりあるけど。おふくろは、東京の人間ですから」

「そうか。横浜なんかも、空襲がひどかったからね」

「でも、戦争が終って一年以上でしょう。いくらなんでも、消息がまったくわからないのはおかしいんじゃないかって」

「戦争には行かなかったの、お父さんは？」

「行きました。戻ってきたかどうかも、わかってないんです」

すべてに恵まれている子供、というわけではない。それも、関口に教えておく必要がある。関口が、工場の技師だったというのも、ほんとうかどうかはわからない。お互いに、自分たちのことを言い合って、信用したことにする。それで、少しだけは安心できる。あとは、店に並べたものが売れてしまえばいいだけだ。

警察は、買出しの人間のリュックなどは没収したりするが、市場に出たものを没収することはほとんどない。そのあたりは、実にいい加減で、いつも弱い者を苛めることしか考えていない。

「私も、君たちの手助けをしてあげられればいいんだが」

「大丈夫です。弟と二人でなんとかします」

「そうか、和夫くん、いくつだ？」

「七つ」

和也が答える。それで終りだった。何時ごろ戻ってくるか言い、良文と和也は市場を出た。

「大森へ行くの、良さん?」

「寄るだけだ。蒲田《かまた》の方に、大きな市場があるって話だし、川崎にもあるらしい。そっちでも、店を見つけようと思ってな」

「関口さんの店じゃ駄目なの?」

「駄目じゃないが、ほかにもあった方がいいのさ」

関口の店が佐丸一家に知られれば、もう品物を並べさせて貰うことはできないだろう。何カ所かに分けて売っていれば、一軒が駄目になったところで、ほかのところの量を増やせばいいだけだ。

買出しの金は、ついに蓄えたものを使うようになった。七人の胃袋は、思った以上に金を減らしていく。どこかで、減るのを増える方に変える必要があった。

「幸太さんの姉さんって、パンパンなの?」

「なんで?」

「幸太さんが、そう言ったよ。パンパンは嫌いだって。だから、パンパンになりたくなくて頭を坊主にした、里子さんは好きだって」

和也が相手だから、幸太も気軽に言ってしまったのかもしれない。良文に、里子に対する気持を語ったことは、一度もない。

幸太が手を出そうとする、と里子が言っていたことを良文は思い出した。手を出すとは、どの程度のことなのか。良文も手を出した。胸を触らせてくれと頼んだ。裸の里子が、のしかかってもきた。

男と女がどういうことをするか、漠然とは知っていた。里子とそれをしていることを想像するだけで、腰のあたりがきゅんと疼《うず》くようになる。

「良さん、どう思ってるんだろうって、幸太さん言ってたよ」

「里子のことをか？　好きさ。おまえだって、嫌いじゃないだろう」

「里子さんって、お母さんみたいだもんな。みんな好きだよね」

幸太は、里子になにかしたのだろうか。たとえそうだとしても、自分に責めることはできない、という気持はどこかにある。誰のものでもない里子なら、良文のものになろうと、幸太のものになろうと、文句をつけるようなことではないのだ。

「買出しに行っている間、三人でどんなふうに寝てるのかって言ってた」

和也は、幸太に頼まれて聞いているのか。それとも、良文の機嫌をとるために、そう言っているのか。買出しに行っている間の心配を、幸太は良文に語ったことはない。

和也の言葉を無視して、良文は歩き続けた。

蒲田まで、海沿いに、ほとんど一直線で歩いていけばいい。

空襲に遭っていない街は、どことなく落ち着いていた。前から自分が住んでいた家があるというのは、大事なことなのだろう。人の表情が、どこかのんびりしているのだ。

「パンパンってさ、どんなことするんだろう、良さん」

「幸太に教えて貰え」

「訊いたけど、教えてくれなかった」

「いいじゃないか、なにをしようと。人の迷惑になることを、やってるわけじゃない」

「やっちゃいけないことだって、幸太さんは言ってたよ」

「考え方だろう」

蒲田に行くまでにも、いくつか市場はあった。小さな市場でも、どこかのテキヤが必ず仕切っている。小さな市場だと、食料を運びこんでくる子供は、目立ちすぎる。

蒲田でも川崎でも、市場の中にこれという店は見つからなかった。

新橋へ戻ってきたのは、夕方だった。

「やあ、待ってたよ。三時すぎにゃ、全部売れてしまってね。そういう勢いっていうのはこわいものだ。ついでに、誰も見むきもしなかった鋏まで売れてしまった」

関口は、紙に数字を書いて計算しはじめた。神経質そうな、細い字だ。

「お金は、人が見ていないところで渡そう。なに気なく見た人間が、いきなり泥棒になっちまうこともあるんだから」

店を閉め、市場を出て、人の少ないところに行った。関口は、二度札を数え直し、計算した紙と一緒に渡してきた。

「数えなくていいのかね？」

受けとった金をポケットに突っこんだ良文を見て、関口が言う。

「関口さんが数えるところ、よく見てましたから」

「店さきを貸しただけで、私のポケットにもかなりのお金が入った。なんだか悪いような気がしたよ」

「また、売ってくれますか？」

「そりゃ、喜んで。こっちから、お願いしようと思ってたことだ。何度かやれば、私にも買出しの資金ができそうだし、その時は、君たちのものと並べて、派手に売ろうじゃないか。前から気がついてたんだが、並べているものが多ければ多いほど、よく売れるね」

多分、そういうものだろう。佐丸一家の市場も、派手に品物を並べている店に、人がたかっていたものだ。

「私の家は、芝の方にあってね。増上寺のすぐ裏手あたりだ。もっとも、バラックで、妻と娘の三人暮しだが。よかったら、寄っていかないかね」

「大叔父が、心配するんですよ」

「田町と芝じゃ、隣り同士みたいなもんだ。遊びに来てくれよ」

良文は頭を下げ、大叔父の家に置いてある米を、三升ほど明日持ってくると言った。関口が頷く。いまのところ、売れるのは関口の店だけだ。

孔雀城に帰った。

里子は、三人分の芋粥を作って待っていた。

「うまくいってるみたいね」

「いまのところ、一軒だけさ。せめて三軒になれば、儲けも大きくなる。なにしろ、七人がこれからずっと食わなきゃなんないんだし」

「お金の蓄え、あるんでしょう？」

「あるよ。だけど、金ってのは、使えばなくなる。幸太にも、だんだんそのことがわかってきたみたいだ。金は使うもんだと、前は思いこんでたみたいだけどな」

「良が利巧なのよ。派手にお金を使ったら、目をつけてくるやつらもいるだろうし」

「ひとりでここにいて、なにも起きなかっただろうな」

あの浮浪児たちは、もう一度ここを襲うなどということはしないはずだ。しかし、群れている浮浪児は、ほかにいくらでもいる。

里子が、十円札を何枚か、焚火の明りの中に出した。

「稼いできたよ、あたし」

「どこで。市場なんかで物を売ると、仕切ってるテキヤにやられるぞ」

「売る物が、どこにあるのよ」

「なにやって稼いだ」

「掃除。焼け残ったビルなんかに会社が帰ってくることになってさ。先乗りで掃除に来たりしてるんだけど、人手が足りないわけ。安すぎて人も集まらないし。一日働いたって、大したもの食べられないんだから」

　里子は、食べるものには困っていない。だから安い金で働くことができた、ということなのか。女として働いたのか、男として働いたのかは訊かなかった。十円札三枚。ついこの間まで、そこそこなにか買えたのに、同じものをいまは五十円出しても買えなかった。

「一回だけじゃないのよ。三回分」

「一日十円だって。やめちまえ、そんなこと。いくらなんでも、雇うやつが上前をはねてるぜ」

「孔雀城で、じっとしてても仕方ないし」

「じゃ、買出しの手伝いでもしろよ」

「ここにいろって、幸太に言われてるわ。みんなが帰ってきた時、ちゃんとごはんが出来てるようにしたいんだって。みんな、それを望んでるって」

一番望んでいるのは、多分幸太だろう。幸太がなにを欲しがっているか、なんとなくわかる気もした。家庭の暖かさというものを望んでいるとしたら、それをぶち毀《こわ》した姉や母は、憎むべき存在なのかもしれない。

「男の子の兄弟がいないんだよね、幸太は。それで、良を双子の兄弟みたいに感じたり、和也を弟みたいに感じたりするのよ」

「俺たちが双子？」

「時々、ほんとにそうじゃないかと思うって。そうだったらいいと、いつも考えてるみたいよ」

「里子に、そんな話をするのか、幸太は」

「この間ね。あいつらに殴りこみをかけた時、良が、びっくりするみたいに暴れたでしょう。それを見て、幸太は自分を見てるみたいな気がしたんじゃないかしら」

わかるような気もした。それ以上わかりたくはない、とも思う。

「その三十円、おまえが持ってろよ」

「いやよ。自分のために稼がないっての、ここの掟《おきて》じゃない」

「わかった。じゃ、俺が預かっておく」

皺になった十円札を三枚、良文はポケットに押しこんだ。

3

幸太が戻ってきた。

ひとり五升ずつ担いできた。三人で一斗五升だが、幸太の骨壺にも二升ほど入っていた。

荷物を置くと、幸太と明はすぐにまた出かけていった。リュックを二つ担いで戻ってきたのは、一時間も経ってからだ。そのリュックにも、五升ずつ入っていた。

「むこうで、汽車賃からなにから、洗いざらいなくしちまったやつが二人いてよ。汽車賃に三十円足して、担がせてきたんだ。ここがわかるとまずいから、公園に隠しておいた」

「子供か、そいつら」

「俺たちより、ちょっとガキかな。どうしていいかわからねえで、草に座りこんで泣いてやがったんだ」

その二人を、仲間として連れてこなかったのは、幸太としては上出来だった。これ以上、孔雀城の人数は増やせない。

米が、全部で二斗七升になった。

良文は、新橋市場の関口の店のことを、みんなに説明した。少なくとも二日は、まったくなんの問題も起きていない。今日、持っていった三升も、あっという間に売れてしまった。

「全部、そこへ運びこんだ方がいいんじゃねえかと思う。どうも、孔雀城のことが、浮浪児の間じゃ噂になりかかってるんだ。また、襲おうなんて野郎が、現われねえともかぎらねえだろう」

「しかし、二斗七升ってのはな」

「なんとかしろよ、良。店だって、なんだかんだと言いながら、見つけたじゃねえかよ。一度に売れなくなったって、店の中に収いこんどけばいいんだ。新橋の市場なら、仕切ってるとこが夜回りもやって、泥棒なんか入れやしねえだろうし」

「明日、言ってみる。ただ、俺は関口さんを完全に信用できるところまで、付き合っちゃいないんだ。ほんとなら、少しずつだな」

「全部、かっぱらわれるかもしれねえんだぞ。苦労して担いできたのによ」

「わかった。とにかく、適当な理由を考えて、言ってみよう」

疲れているらしく、里子が出した夕食をかきこむと、四人はぐったりと眠った。

翌朝、新橋の市場に和也と一緒に顔を出した。

関口は、来ると思っていなかったらしく、良文を見ると、びっくりしたような顔で笑った。

「御両親が、見つかったのかね？」

「そんなことじゃないですよ。祖父さんの知り合いの人が、米を運んでくるらしいんです。オート三輪でね。新米が出てしばらくするまで、それで終りだっていうんだけど、量が多いみたいなんですよね。三斗」

「三斗？　三升じゃなく三斗だね」

「大叔父と、俺たちの生活費のつもりみたいです」

関口が、かすかに首を振った。米三斗といえば、相当の値で売れる。売らせてくれと、すぐには言い出せないほどの量なのかもしれない。

「関口さんのところで、少し売ってくれますか？」

「そりゃ、一斗でも二斗でも」

「全部、売ってくださいよ」

関口が、ちょっと顔を空にむけ、大きな息をついた。

「三斗となると、大変な量だからね。それで、いつ運んで来る？」

「明日じゅうには」

「行き違いというのが、一番困るんだよね。君が三斗と言っても、三斗二升かもしれない。二斗八升ってこともある。これだけの量なら、私にもきちんと計らせてくれないか」

「それは、当然ですよ。祖父さんも、三斗ぐらいと言ってるそうですから」

「なんだか、私にも運がむいてきているな。二割は、やっぱり貰ってもいいのかい？」

「いいです」

三斗の二割といえば、六升になる。ほんとうは二斗七升だから、五升五合に少し足りないぐらいだが、店さきを貸すだけで、それが丸々関口のものになるのだ。

まず、正確に計ること。精算は、その日に売れた分を、その日に済ませること。取り決めをいくつか作った。

夕方まで、良文と和也は関口の店にいた。市場の中を歩き回ったが、生きていくために必要なものは、全部揃っている。物が不足しているなどと言っても、それは市場の話ではなく、一軒一軒の、普通の家での話に違いなかった。

佐丸一家の気配など、新橋の市場ではまったく感じられない。

良文たちの期待に反して、佐丸一家の市場も、少しずつ持ち直してきている、という噂だった。小野が、悪どいやり方で物を集めたのかもしれない。とにかく、あれから佐丸一家となんの接触も揉め事もない。

一度、本郷の大鷲城も覗いてみたが、荒されてはいなかった。トタンを載せて石で押さえただけだった屋根が、きれいに吹き飛ばされていただけだ。

孔雀城へ戻ると、幸太がどこからかリヤカーを捜してきていた。これになら、二斗七升の米は楽に積める。リヤカーの荷台が山になるほど、隠匿物資を手に入れたのは、どれほど前のことだったのか。せいぜい三カ月。それが、何年も前のことだったような気がする。

「俺たち、手伝わねえぞ。かえって怪しまれてもよくねえし。次の買出しは、米にするか干物にするか、よく考えよう。店がありゃ、干物だって捌ける。せっかく、千葉の漁師と知り合いになったんだからよ」

「わかった。幸太は、どこかに新しい城を捜してくれないか。ここは狭いし、噂にもなってるそうだし」

「俺も、そう思ってた」

もともと工場のあったところで、いまのところ設備もなにもかも全滅だが、いつ戻ってきて操業をはじめるかもわからない。その時のために、城をいくつか作っておいて、住む場所に困らないようにしておくことだ。

その夜、ロウソクの光の下で、金の計算をした。いまのところ、七人が食べていくだけで、儲けは消えていく。蓄えてある金が、増えも減りもしないということだ。これがもっと大量に物を動かせるようになれば、少しずつ蓄えは増えていくはずだ。

それまでに、どれほどの時間がかかるのか。考えてみても、仕方がなかった。いまは、この状態をどうやって続けるかだ。

蓄えた金を物に換えておく、ということはやった方がいいかもしれない。金の価値は、どんどん下がっていくだろう。しかし、それをやるためには、もうちょっと準備が必要だ。何度も何度もその方法は考えてきたが、なにが確実で安全で場所もとらないのか、見当がつかなかった。

金の便利なところは、場所をとらないということだ。

ロウソクを吹き消した。

闇が、すべてを包んだ。眼を閉じたが、すぐには眠れなかった。和也の寝言が聞える。一番奥が里子で、次に和也。それから五人が並ぶと、孔雀城はもういっぱいだった。冬ならば、これぐらいの方が、暖かくていいのかもしれない。

翌朝起きると、すぐに米をリヤカーに積みこんだ。それから良文は、幸太と明の三人で、これからの段取りを話合った。健一と征志は、あまり話に加わりたがらない。気力がないのだ。命じられることを、黙々とやるだけだった。健一の家は、大陸からの引揚者で、引揚げの途中で親とはぐれたという話だった。だから、家のあった場所に、様子を見に行くこともできないのだ。征志は、捨てられたらしい。一緒に暮していると、時々洩らす言葉で、少しずつそんなことがわかってくる。

二人が、あまり明るくないのは、それを気にしているからかもしれなかった。みんな似たようなもので、気にするか気にしないかで、大きく違ってしまうのだった。

良文がリヤカーを引き、和也が後ろから押した。リヤカーに積むと、二斗七升の米も大した重さではなかった。

「大丈夫だ、二人で」

心配そうに見守っている幸太に、良文は言った。それから、リュックのひとつひとつに、燃えさしの炭で、岡本という名前を書いていった。

「岡本さんって、ヒロポンやってたんだってな。ひでえ中毒だったらしい」

「そうだったのか」

笑みを浮かべながら斬り合いをした、岡本の顔が浮かんできた。あれも遠いことだったような気がする。

「あのあとすぐに、佐丸の若い衆が言ってた。あれをやると、怕いものなしだってな」

「ヒロポンだけで、あんなことができたとは思えないがね。死にたがってたんじゃないのかって、俺は思ってるよ」

「女が、何人か泣いて飛んできたらしい。もてたんだ、あの人」

いつも、遠くを見るような眼をしていた。あれは、なにを見ようとしていたのか。一年後の自分か。それとも、すぐ眼の前にあった自分の死か。

良文と和也が出発したのは、正午を過ぎてからだ。リヤカーを堂々と引いていくのは、人が多い時がいい。早く着きすぎて、関口に変に思われたくもない。

新橋の市場に、リヤカーを引き入れた。

関口が、リヤカーの荷をじっと見つめた。すぐには手を出そうとしない。岡本と炭で書いた名前を、宙で指を動かしてなぞった。まるで指さしながら、勘定しているような感じだ。

「ほんとに、持ってきたんだね」

「オート三輪が着くのが、遅くなっちゃって。着るものとかなんとかも、祖父さんがあとから頼みはじめたみたいで」

「急いで。急いで店に運びこもう。あまり人に見られたくない」

「ここ、市場じゃないですか。ちゃんと見回ってくれる人もいるんでしょう」

佐丸一家の市場は、若い衆が夜回りと称して回っていた。それでも小野は、自分のところの商品は倉庫に引きあげさせたのだ。

「人を見たら、泥棒と思え、と言うだろう。油断しちゃいけない」

「やりますよ、すぐ。和夫、手伝え」

オロオロした関口は、人のよさを丸出しにしていた。リュックを運びこむ。狭い店の中に、錠の付いた箱が置いてあった。

「一升枡《ます》でこの箱に入れる。それで計るってことにするよ。一斗ぐらいは入るはずだ。あとは、空になったリュックに移しながら計ればいい」

「計るのは、関口さんやってくださいよ」

「君も、見ててくれなくちゃ困る」

別に用事があるわけではなかった。良文が見ている前で、関口は一升枡に米を満たし、盛りあがった分を細い棒でかき落とした。

新橋の市場は、相変らず人が多い。和也は、リヤカーの荷台に乗っていた。放っておけば、誰かに持っていかれかねない。街には、進駐軍のジープやバスやトラックやオート三輪に混じって、自転車で引くリヤカーもよく走っていた。

箱は、いっぱいになっていた。空になったリュックへ、関口は米を移している。一枡ごとに、鉛筆で正の字を一本ずつ書いていた。

「二斗七升だよ、良夫くん。三斗はないみたいだ。もう一度計るかね」

「そんなもんでしょう。三斗ぐらい、祖父さんは言ったそうですから。どうせ、計ったりはしてないんです。人に売る時は、ひどくケチるんですけどね。枡の中に指を入れて持って、指の分だけ少なくなるようにしたりね」

「でも、ぴったり二斗七升あった」

「よかったじゃないですか。端数が出ると面倒ですもんね」

計っただけで疲れきったように、関口は米を入れた箱に腰を降ろした。

店さきには、相変らず古い時計が置いてある。もしかすると、動かない時計なのかもしれない。時々手に持って見ていく人間も、これは駄目だ、という表情をしている。

「こんなに、米を自分の店に入れてしまうと、怕いね、なんだか」

「すぐに、売れますよ」

「一合ずつで、売ろうと思う。その方が買いやすいだろうしね」

「悪いけど、今日はこれから行きたいところがあって、手伝えないんですよ」

「御両親のことかね？」

「まあ、そうです。俺ひとりで行きますので、和夫とリヤカー、置いていっていいですか。夕方には戻りますから」

多摩川の河原に城を作れるかどうかを、見てくるつもりだった。荒川の方は、幸太が見に行っているはずだ。

河原に城をひとつ作ろうと思ったのは、まず水に不自由しなくて済む、と思えたからだ。井戸のあるところにも、その土地の持主が戻ってきて、バラックを建てたりしている。水道も通っているようだが、焼跡ではまだ無理だった。

河原だと、かなり広い土地を、自分たちの領分にできるかもしれない、という思いもあった。

城という名前など、実はもうどうでもよかった。孔雀城などと名を付けたのは良文だが、施設を逃げきった時の、たかぶった気分がそうさせたのだった。いまでは、ほかの連中の方が、城という呼び方を気に入っている。

錠の付いていない自転車を捜しながら歩いた。自転車で飛ばせば、多摩川まで、往復二時間ぐらいのものだった。

4

和也と二人で、新橋の市場に入った。

関口は、店に来ていなかった。まだ午前中だが、いつもなら来ている時間だ。店には戸が立てられたままで、錠も降りている。

その前で、一時間ほど待った。

きのうは、夕方のほんの短い時間だけで、一升二合の米が売れたらしい。暗くなってくると、計り方を間違えるといけないからと、店を閉めたという。良文が多摩川から戻った時は、関口と和也は、二人でリヤカーに腰を降ろして喋っていた。

いやな予感がした。いままでにないことが起きると、そんな予感はするものだと、無理に自分を納得させる。

幸太は、三人を連れて、新しい城を作る場所に出かけた。焼跡でもない、放置された畠の脇に、いい土地があったようだ。

「遅いね、関口さん」

和也が、さきに口を開いた。

正午近くになって、知らない男がやってくると、店の錠を解いた。

「関口さんは？」

「関口？　ああ、きのうまでここを借りてた人ね」

男はそう言っただけで、もう良文たちに関心を示そうとはしなかった。

組合の事務所に走った。走っている間に、どういう訊き方をするか考えた。訪ねてきたら、関口がいなくて困っている。それでいいだろう。和也も、良文の後ろを走ってくる。

事務所では、台帳をめくって、関口がきのう店の賃貸を解約したことを教えてくれた。住所を訊いた。芝の、増上寺の裏手というのはほんとうだった。

そこへ駆けつける。

バラックが並んでいた。誰彼構わず、関口のことを訊いた。今朝早く、夫婦で大八車を引いて出ていったという。

「ここの人じゃないんですか？」

「新橋市場に店を出すんで、ここが近くていいと紛れこんできたみたいなもんだ。そこにバラックを建ててたがね。トタンみたいなものまで、積んで行っちまったよ」

教えてくれたのは、鉈《なた》で薪を割っている老人だった。

なにが起きたのか、はっきりした。要するに、米を持って逃げたのだ。二斗五升以上ある米を、簡単に担ぐことはできない。そのための大八車も用意していた。つまりは、大量の米が入った時に、逃げる気だったのだ。

「見事なもんだぜ。俺をすっかり信用させて、それからかっぱらいやがった」

和也も、顔を強張らせている。涙がこみあげてきて、流れ落ちそうになった。しかし、落ちてはこなかった。

「帰ろう、和也」

「捜さないの？」

「この東京を、どうやって？　とにかく、やつはあの米を自分で食うわけじゃないだろう。どこかの市場で売るのさ。売って金にして、それで別のものを仕入れて、また儲ける。俺たちがやろうとしていたことを、あいつがやるわけだ」

笑い出したいような気分と、叫び出したいような気分が、交互に襲ってきた。ポケットの中で、ロープを握りしめる。

みんながっかりするだろう。しばらく歩いて、ようやくそのことを考えた。怒ってくれるのなら、まだいい。がっかりして、明など泣き出すかもしれない。

「汚ないもんだよな、人間ってのは」

良文と幸太が、最初にやったのも、隠匿物資を奪うことだった。要するに、すべてが奪い合いだ。それには、大人も子供もない。

口笛を吹いた。『老犬トレー』。何度も、くり返した。仲間がいる。そう思うしかなかった。裏切ることのない、仲間がいる。

ふと気づくと、和也が涙を流していた。しゃくりあげもせず、涙だけ流して泣くことができるようになったのか。気づかないふりをして歩いた。しばらくすると、和也の吹く口笛が重なってきた。

孔雀城に戻った時、幸太たちは城の材料になるトタン板などを集め、リヤカーに積みこもうとしていた。良文と和也の姿を見て、なにかを察したようだ。全員が手を止め、視線をむけてきた。

「やられたよ」

短く、良文は言った。

「新橋市場の店に、関口はいなかった。米もなかった」

「そうか」

幸太も短く答えた。明が、その場に座りこんだ。

「俺の責任だ。米のある間は、あそこに泊りこめばよかったんだ」

誰も、なにも言わなかった。三斗近い米を、栃木から運んでくる苦労は、良文にもよくわかっていた。誰かが、怒って殴りかかってでもきてくれれば。待つような気分だった。健一も征志も座りこんだ。

「おまえの責任ってわけじゃねえ。仕方ねえさ」

幸太が煙草に火をつけ、煙を吐き、良文に煙草を差し出してくる。良文は、一度だけ煙を吸った。いまいましいほどに晴れている。その空に、吐いた煙が拡がって見えなくなった。

「おまえは、少しずつ米を運ぶ方がいいと言った。無理でも、全部一度に運べと言ったのは俺さ。おまえが、最後までいやがっていたのはわかってる」

「運んだ以上は、俺の責任さ」

「俺たちのな。そういうことにしようじゃねえか。関口って男を、完全には信用してねえって言ったのも、おまえだ」

誰の責任、などと言っても仕方のないことだった。和也が泣きはじめた。肩からしゃくりあげている。それを里子が抱きとめた。

「まったくよ、いやな世の中じゃねえか。大人が、子供のものをかっぱらいやがって。子供は、子供だから死ねって言ってるようなもんだぜ」

それ以上、喋ることはなにもなかった。

「食べ物、なにか作るからさ」

里子が言った。

良文は、孔雀城の入口の階段に腰を降ろした。階段を降りて、入るようになっている。今度は、階段を昇って入るような城にしたい。理由もなく、そう思った。

里子が作ったのは、鶏肉がほんの少し入った水団だった。夕食にするつもりだったものを、出したのかもしれない。鶏の味が汁の中にしみ出していて、普通の水団よりうまかった。

「元気だせよ、みんな。金はたっぷりあるんだからよ。一度や二度失敗したからって、めげんじゃねえや。大人とよ、張り合って生きていかなくちゃなんねえんだぞ、俺たち。任せとけ。俺が、なんとかしてやる。これまでも、なんとかなってきたんだ」

ブリキのカップ一杯の水団を腹に入れると、最初に元気を出したのは幸太だった。和也も、もう泣いていない。

「とにかくよ、俺たちゃ新しい城を作る。三日もありゃ、住めるようになるはずだ」

幸太は、三人を連れ、リヤカーを引いて出かけていった。

良文も、街の方へむかった。関口は、どこかの市場であの米を売るはずだ。ならば、見つけられるかもしれない。

和也が付いてきた。

上野や浅草のあたりの市場を回ると、もう夕方だった。米を売っているところは、いくらでもあった。関口の姿はない。

佐丸一家の市場だけは、避けて通った。

「見つけたら、どうする気、良さん？」

「そこまで、考えてなかった。まあな、まず米を取り戻す。それから売った金も。関口の野郎に焼きを入れてやるのは、最後だな。泣いて土下座したって、許してはやらない」

「はじめから、ぼくらを騙す気だったのかな、関口は？」

「三斗の米の話を聞いてからだろう。三升、五升と一日ずつ運んでりゃ、こんなにはならなかった」

「幸太さんが、悪いわけ？」

「誰も悪いもんか。幸太だって、米を守りたいから、一度に運べと言ったんだ」

「大人って、いやなかっぱらい方するね。ぼくはそう思う。うまく言えないけど」

心まで盗まれた気がする。和也はそんなことを言いたいのだろう。

幸太たちはもう戻っていた。

「匂わねえか？」

どこへ行っていたのかも訊かず、幸太が言った。肉を焼く匂い。間違いなくそうだ。

「里子が、市場で鯨の肉を買ってきた。フライパンと一緒にな。三日分の食費を使ったと言いやがんの。俺にゃできねえな。女っての、いざとなると度胸を据えやがる」

飯も、芋粥ではなく、銀しゃりだった。食べ物で気持がひき立つ。それは確かにあることだった。健一も征志も、笑みを浮かべている。

皿に、鯨の肉が配られた。

「うめえ」

明が声を出す。それ以外には、ひと言も聞えなかった。

「ちゃんと、食うものを食わなきゃ、嘘だよな。人間の生活ってやつが、これさ」

鯨の肉には、かすかに醬油の味がついていた。どういう家で育ったのか知らないが、里子は料理がうまい。材料と道具があれば、もっとすごいものを作るだろう。

しばらく、焚火を見つめていた。

健一と征志が、孔雀城に入っていく。一番さきに寝るのは和也で、次にこの二人だが、和也はまだ起きていた。

全員が眠っても、良文は外にいた。寝そべっていると、星がうんざりするほど沢山見えた。気分の底に、なにか黒い怒りに似たものがあるだけで、ほかにはなにも考えなかった。死んだら星になる。前にはそう信じていた。どれくらい前のことなのか、思い出せない。

「市場を回ってたんだってな」

すぐそばで、幸太の声がした。

「関口って野郎を、見つける気かよ？」

「ほかに、やることがないんだ」

「和也が、泣いてきやがってな」

　幸太が、煙草に火をつけると、並んで寝そべった。回されてきた煙草を、良文は思いきり深く吸いこんだ。頭がちょっとくらっとしただけで、気分は悪くならない。いつの間にか、いくら煙を吸っても平気になった。

「喋っちまったらしいんだよな、関口の野郎に」

「喋ったって、なにを？」

「おまえが、佐丸一家となにかあって、市場に行けねえってことをさ。うまい具合に訊いてきたらしいんだ。その時は、なんとも思わなかったらしい」

　関口と和也が二人だけになった時間は、確かにかなりあった。和也なら怪しまないという計算をして、関口はうまく持ちかけたのか。

「関口は、佐丸一家の市場で米を売ってる、と和也は思ってる。それが、すべて自分のせいだともな。あんなガキだって、自分の責任なんてことを考えるのによ。大人ってのは、肚の底まで汚ねえよ」

「それで、泣いておまえのところへ行ったのか？」

「なんてったって、まだガキだしよ」

なぜ、自分に言わなかったのか、と良文は思った。自分に言えば叱られ、幸太に言えば叱られない、と思ったのか。それとも、幸太が好きで、頼りきっているのか。つまらないことを、気にしても仕方がなかった。幸太と自分を較べれば、誰でも幸太の方を好きになる、とは前からわかっていたことだった。だから、幸太を大将にして、浮浪児を集めることにもしたのだ。

「考えるなよ、おい」

「なにを？」

「佐丸の市場に忍びこもうなんてよ。どこにだって、若い衆の眼があるからな。持ち直してきてるって噂だし、小野だって多分いるぜ。そして、俺たちのことを忘れちゃいねえはずだ」

「そんなことを、考えちゃいない」

ほんとうだった。和也のことを考えていたのだ。

「約束しろ、良。佐丸の市場に忍びこんだりゃしねえってな」

「約束するよ。だけど、関口は市場の中に住んでるわけじゃない。どこからか出てくるはずだ。それで捕まえりゃいい」

「危《やば》い橋だ、それも」

「三日だけ、やらせろよ。佐丸の若い衆が、どのあたりにいるかは、見当がついてる。

捕まるようなヘマはやらない。三日だけだ。新しい城ができたら、また買出しもはじめるだろうし、俺も買い手を捜さなくちゃならない」

「男の約束だぜ。和也をつけてやる。あいつがいりゃ、無茶な真似はできねえだろうしな。あいつも、気になって仕方ねえんだ」

なぜ、幸太に言ったのか。また考えた。口笛を吹きながら歩いていた時、言う気があれば言えたはずだ。叱りもしなかっただろう。それに、はじめから佐丸の市場を見張ることもできた。

「星が、いやになるぐらい出てやがるな。三日、雨が降らねえでいてくれると助かる」

幸太が、また煙草を回してきた。もう短くなっていて、指さきが熱かった。

第六章

1

佐丸一家の市場は、以前の半分ほどの規模になっているようだった。客の数も、半分に減っている。持ち直してきたという噂は、ほんとうなのだろう。ただし、少しずつだ。急に元通りになるとは、とても思えなかった。

若い衆の姿を、時々見かけた。みんな遠くからだ。

「ちくしょう、中を調べられたらな」

「怕いって言ったよ、幸太さんが」

「幸太は幸太だ。俺は一度、必ずここに入ってやる」

「駄目だよ。絶対駄目だって言われた」

「黙ってろ。そんなことはわかってるんだ。言ってみるぐらい、いいじゃねえか」

朝から、佐丸一家の市場が見えるところにひそんだままだ。良文たちがいるところまでは、若い衆もやってこない。

喧嘩《でいり》の結末はどうなったのだろうか。また殴りこみでもあれば、若い衆はどこか一カ所に集まる。その時は、入ってみる気でいた。ただ、喧嘩の噂はまったく聞かない。

「良さん、ぼく」

「おまえが、関口に喋ったことは、幸太から聞いたよ。だから、佐丸の市場のそばで張ることにしたんじゃないか」

「ぼくのせいだよね」

「おまえが喋ったから、関口は佐丸の市場を選んだ。もし関口がここにいりゃ、そういうことになるな」

だからと言って、おまえの責任ではない。続けようと思ったその言葉を、良文は呑みこんだ。意地の悪い気分が、滲み出しはじめている。なにもせず、じっともの蔭にうずくまっているのがいけないのかもしれない。

和也は、膝を抱えてうつむいていた。泣くかもしれないと思ったが、こらえているようだ。

正午のサイレンが鳴った。時計を持っていない者のために、いつからか正午と午後五時にサイレンが鳴るようになった。それは、孔雀城までは聞えない。

「佐丸の若い衆、前より減ったみたいだな」

市場の規模が半分になったのなら、考えられることだった。だからといって、見つかりにくいというわけではない。

「あいつら、案外抜けてるんだ。俺と幸太が、あそこで勝手に商売をしたことなんて、まだ気がついてないもんな」

「怕い男が、ひとりいるんだって？」

「小野のことだろう、多分。怕いっていうより、薄汚ない男だな。その薄汚なさを、暴力で押しつけようとする」

「よく憶《おぼ》えてるよ、ぼく。顔を見ても、すぐにわかる」

「だろうな」

「小野は、ぼくを憶えてないかもしれない。市場には、子供は沢山いたし」

「なに考えてるんだ、おまえ？」

和也は答えなかった。

良文は、里子が持たせてくれた弁当を開いた。焼いた芋と、鰺の干物の半分だ。芋をひとつ、和也に渡した。

冷えた芋は、うまくもなんともなかった。のどにつまるような感じがするだけだ。それでも、昼めしを食えるというのは、素晴しいことだった。大谷の親父に外食券一枚で使われていた時は、昼は水だけ飲んでいた。

「あの米がありゃ、銀しゃりが食えたよな」

ほんとうは、里子がきのう食費を使いすぎたのだ。芋だけでなく、鯵の干物が付いているだけでも上等だった。

「幸太さん、大丈夫だって言ってた。ひもじい思いはさせないって」

「幸太、幸太と言うな。いまは、関口を捕まえようとしてるんだぞ」

「わかってるよ」

不機嫌すぎる声だったようだ。和也が、眼に涙を溢れさせた。

「いいか、和也。俺はひとりで関口を捕まえようと思ったんだ。幸太がおまえをくっつけて寄越した。俺が無茶しないかどうか、心配なのさ。自分じゃいつも無茶するくせに」

「邪魔には、ならないようにするよ、ぼく」

「わかってる。ただ、無駄口は利くな」

芋も干物も、口に押しこんでしまった。

ここでいつまで待っても、関口は永久に出てこない、という気がしてくる。第一、ほんとうにいるかどうかも、わからないのだ。

「ぼくのことを、小野は憶えてなんかいないと思うよ。佐丸の若い衆も」

「だったらどうしたんだ？」

「市場へ入れるよ、ぼく」

「馬鹿なこと、言うんじゃない。憶えてないという保証が、どこにあるんだ」

言って、良文は、ほんとうは和也に様子を見に行かせたい、と心のどこかで考えていることに気づいた。和也なら、ほんとうに誰にも気づかれないかもしれない。

「いいか、おかしな考えは起こすな、和也。そんなに甘いやつらじゃないんだ」

「なにか盗んでくるわけじゃない。見てくるだけなのに」

「絶対に駄目だ。勝手なことをしたら、俺はほんとうに怒るぞ」

和也が頷いた。

良文は、『老犬トレー』を口笛で吹いた。口笛でも吹いていなければ、やりきれない。歌詞は知らなかった。幸太に訊けば教えてくれるかもしれない、と思った。

待っていた。混じり合ってくる別の口笛。しかし和也は、うつむいているだけで口笛を吹こうともしなかった。

市場が終るまで、たとえいたとしても、関口は外へ出てこないだろう。いまごろは、懸命に呼びこみでもやっているかもしれない。いまのところ、待つしかなかった。

時間が、ひどく長く感じられる。こうして待っているしか方法がないのか、と何度も考えた。関口だけを誘い出す方法が、なにかあるのではないか。

「良さん、ぼく、大森へはしばらく行かないことにしたよ」

「なぜ？」

「我慢するものって、それしかないから。ずっと行かない。関口が盗んだものを、仕事で取り返してしまうまで、行かない」

「おまえが、仕事をやろうというのか？」

「あるでしょう、なにか。なんでもいいんだ。できることを、やるよ」

「子供を雇ってはくれない。それで俺も幸太も苦労してるんじゃないか。まして、おまえを雇おうなんて大人が、いると思うのか。変なところへ出ていくと、そのまま施設送りだぞ」

「施設って、怕い？」

「人間のいるところじゃない。人間には、我慢していいことといけないことがある、と俺は思う。施設へ入って、我慢しちゃいけないんだよ」

和也がなにを考えているか知って、良文の口調は少しだけやさしくなった。同じ歳の少年ではない。十三歳と七歳では、やはり大きな違いはあるのだ。

「幸太さんと一緒に、逃げたんでしょう。逃げようと思えば逃げられる、と幸太さんは言ってた」

「いまは、変ってるだろう。監視も、厳重になってきたって話だし。俺と幸太が入れられてたころは、かなりいい加減だった」

和也は、まだ膝を抱き続けている。

顔見知りの佐丸一家の若い衆が、道を歩いていくのが見えた。ひとりだけだ。良文が隠れている場所が、見つかる心配はない。

若い衆は、木箱をひとつ担いでいた。陽の光が、額に浮いた汗を照り返している。

「どこへ行くんだ、和也？」

立ちあがった和也に、良文は言った。若い衆は、もう後ろ姿しか見えず、市場に出入りする人の中に紛れてしまいそうだった。

「小便」

「市場に近づくな。すぐ戻ってこいよ」

頷いた和也が、走り出した。呼びとめようとした言葉を、良文は呑みこんだ。おかしな予感。気のせいだろう。いまは、関口を張っているだけでいい。

市場から、オート三輪が出てくるのが見えた。運転しているのは、佐丸一家の若い衆だ。すぐに走り去っていく。

和也は戻ってこなかった。

どこかで遊んでいるのか。そう思いこもうとした。遊んでいい時と悪い時の、区別がつかない歳ごろだ。面白そうなものがあれば、遊んでしまうに違いない。

そう思いながら、片方では、和也はそういう子供ではないとも思う。苛立《いらだ》った。戻ってきたら、頬を一発張り飛ばしてやろう、と思った。

三十分ぐらい経ったのか。いや、まだ二十分ぐらいか。時計などというものは持っていない。胸がドキドキしてきた。それを抑えるために、『老犬トレー』を吹いた。四度、五度とくり返す。

眼を閉じた。どこかで遊んでいる。何度もそう自分に言い聞かせた。

立ちあがった。耐えられなかった。といって、市場の中へ捜しに行くことはできない。走った。孔雀城。ひとりで帰ったのかもしれない。そう思い続けた。

息が切れていた。リヤカーに石を積んでいる幸太たちの姿が見えた。むこうも走ってくる良文の姿を認めて、石を持ちあげる手を止めた。

「和也は、戻ってきたか」

幸太が首を振った。幸太のそばに立つと、良文は、何度も肩で息をした。

「小便に行く、と言って消えた。それっきりなんだ」

「佐丸一家の、市場のそばだな？」

「そうだ。すぐそばだ」

「和也の顔を、若い衆は知ってるはずだぜ。捕まったのかもしれねえ」

「市場とは、反対の方へ歩いていったよ。そっちに、若い衆はいない。すぐ戻れと言うと、頷いてた。勝手に市場に入ったとは、考えにくいんだがな」

「いや、和也は気にしてたよ。俺たちと佐丸一家が悪いってことを、関口の野郎に喋っちまったのを。責任を感じてた、と言ってもいいだろう」

「しかし、盗まれたものを佐丸一家の市場で売るかもしれない、というだけだぜ。盗まれたことについちゃ、あいつはなにもしてない」

「俺もそう言ったよ。だけど、和也は泣いてた。言っちゃいけねえことを言った、と思いこんでるんだ」

「それで、市場の中へ、勝手に入ってったっていうのか？」

「あいつにゃ、とんでもなく勇気がいることだっただろうさ」

幸太が、石に腰を降ろし、煙草をくわえた。ほかの三人も腰を降ろし、立っているのは良文だけだった。野菜を持って戻ってきた里子に、幸太が説明する。どこかで洗ってきたらしい、水が垂れる野菜を、里子は握りしめたままだった。

「俺の責任だな。おまえに付けるんじゃなかった。こんなことをやりそうな気が、しないでもなかったんだ。ただ、城を作る時は、あいつは邪魔でよ」

「みんなの役に立たないってことを、和也はいつも気にしてたわ」

里子が、ようやく野菜を石の上に置いた。

「まだ、捕まったと決まったわけじゃないだろう」

明が言った。勝手に大森へ寄って、夜まで帰って来なかったこともある。良文はそれを思い出していた。あの時は一発張り飛ばし、二度と同じことをしないと誓わせたのだ。

あの時のように、『老犬トレー』を吹きながら、ひょっこり帰ってくるかもしれない。

「荷物を全部持ち出せ。服なんかもだ」

立ちあがった幸太が、いきなり言った。

「どこか行く気なの、幸太？」

「ここはずらかった方がいい。もし和也が捕まっちまったとしたら、佐丸一家にここのことが知れちまう」

「どうすんのよ、和也が戻ってきたら」

「俺と、良は残るよ。荷物はなにもねえようにしといてくれ。それだったら、逃げられる」

「わかった」

明が言い、リヤカーのものを地面にぶちまけた。健一と征志が、孔雀城の中のものをリヤカーに運びはじめる。

「あたしも、残る」

「邪魔するな。俺と良がいれば、充分だ」

荷物といっても、大したものがあるわけではなかった。何枚かの毛布と服。当座の食料。それに鍋やフライパンや食器だけだ。

「新しい城のところへ行ってろ。健一か征志が、夜、一度連絡に来い。明日の午前中もだ。明は、新しい城をしっかり守っててくれ」

三人が頷いた。リヤカーが引かれていく。里子も、幸太に促されて付いていった。

「佐丸一家に捕まった。やっぱり、そんな気がするな」

二人だけになると、幸太が言った。

「悪かった。俺がついていながら」

「和也が、行く気になったんだ。どうしたって行くさ。止めるにゃ、縛りあげておくしかなかっただろう」

「気が回らなかったよ、俺は。注意するだけでいい、とも思っちまった」

「仕方ねえよ。いろんなことが重なって、こうなったんだ」

それ以上、ほとんど喋らなかった。

やがて夜になり、征志が様子を見にやってきた。新しい城の方は大丈夫で、トタンの屋根にも、大きな石を載せたと言った。

征志が帰ると、また二人だけになった。

孔雀城の中には、なにもない。乾パンをわずかだけ蓄えて、それで飢えをしのいでいたころと、ひどくよく似ていた。

「思い出すな」

なにを、とは幸太は言わなかった。良文も、闇の中で頷いただけだ。

2

朝になっても、和也は戻ってこなかった。

健一が様子を見に来て、ついでに握り飯を四つ届けてくれた。和也が戻っていないことを知って、肩を落としている。

オート三輪がやってきたのは、正午少し前だった。良文と幸太は、いつでも逃げられる態勢をとった。

降りてきたのは、佐丸一家の若い衆と、大谷だった。

「逃げるなよ、おい。ガキを預かってるぞ。小野の兄貴が、おまえらにそう伝えろとよ」

大谷は、暗い眼でじっと良文たちを見ている。海のそばで群れていた浮浪児たちは、ばらばらになってしまったのか。

「ガキは返してやる。代りに、おまえらが稼いだ金を出せ。一家から抜けようとしてるんだからな」

「いくら？」

「全部さ。かつぎ屋をやって相当稼いでる、と大谷が言ってるぜ。隠しても、お見通しだ。いいか、夕方だ。夜になるかもしれねえ。とにかく、小野の兄貴が、ガキを連れて西公園へ来る。おまえらの金がいくらかで、ガキは返されるかどうか決まるわけさ」

「俺たち、盃なんか受けちゃいねえぜ」

「儲けたんじゃねえか、うちの店で。つけた値段より高く売った、と小野の兄貴は見てる。でなけりゃ、買出しの金なんてできるわけねえもんな」

「俺たちが売れって言われたの、大谷の家の隠匿物資だぜ。そこにいる大谷のさ。佐丸一家は、あれでボロ儲けしたくせに」

　大谷の顔が強張った。なにも知らずに、佐丸一家の使い走りにでもなったのか。

　良文は、ポケットに手を入れようとした。それを、幸太が押さえた。若い衆は、ただにやにやと笑っているだけだ。

「おまえんちの防空壕を襲って、隠匿物資をぶん盗《ど》ったの、佐丸一家だぜ、大谷」

　大谷の顔が、さらに強張った。わっと叫んで走り去っていく。若い衆は舌打ちして見送っただけで、追おうともしなかった。

「おまえらがかつぎ屋やってる話は、ほかからも聞いた。とにかく、出せるだけの金だ。あのガキだって、仲間じゃねえか」

　それだけ言うと、若い衆はひとりでオート三輪に戻っていった。

「ちくしょう、やっぱり捕まえやがったか」

和也は、市場にひとりで入っていったのだった。関口が見つかったのかどうかは、いまとなってはどうでもいい。和也はひとりで市場へ入り、捕まった。

「西公園って言ったな」

公園ではなかった。佐丸一家の市場からそれほど離れていない焼跡で、そこにも佐丸一家が市場を作る計画を持っていたので、バラックなど建っていない。明るい時間は、子供が遊んでいるくらいだ。

「和也の野郎、男になりたかったんだな。ずっとそうなりたいと思い続けてやがったんだ」

「なって、どうするんだ」

「そういうもんじゃねえだろう、男ってのは。ただなりてえんだよ。和也は、俺や良を男だと思ってる」

「金は、どうしよう」

「全部だ、良。有り金を全部出せば、和也は返してくれるだろう」

「九万ってとこだ。そんなに出せない」

「九万が九十万でも、出さなきゃしようがねえだろう」

「三万かそこらでも、小野はびっくりするはずだよ。もしかすると、二千円か三千円でもいいかもしれない」

顔に、衝撃を食らった。膝が折れそうになったのを、良文はかろうじてこらえた。

「なにするんだ、幸太」

「気に食わねえな。気に食わねえよ、俺ゃ。仲間を助けるために、金をケチるのかよ、おまえ。見損ったぜ」

「俺たちが九万も持ってるなんて、誰が信用するよ。馬鹿正直になるのは、ほんとに馬鹿だ」

また、幸太の拳が飛んできた。頭を下げてそれをかわし、良文は幸太の腹に一発叩きこんだ。幸太が躰を二つに折りかかる。

「馬鹿って言いやがったな、おまえ」

「馬鹿には、馬鹿って言うしかないだろう」

「おまえ、ロープ使うのか。なら、俺も木刀使うぞ」

「馬鹿をぶちのめすのは、素手で充分だね」

「言ってくれるじゃねえか」

睨み合った。構えているので、両方ともすぐには踏みこめなかった。

ここで、なぜ幸太と殴り合いをしなければならないのか。ふと思ったが、躰の中でなにかが動きはじめている。

横へ跳んだ。幸太もそうしたので、はじめと位置は変らなかった。幸太の頭が低くなった。突っこんでくる。両手で抱くようにして、良文はそれを受けた。腹に、拳が二、三発きた。良文も、組んだ手を幸太の背中に叩きつけた。

躰が離れた。幸太が荒い息を吐く。良文の方が、さきに踏み出した。ぶつかり、そのまま組み合って倒れた。良文が上になった。幸太の顔が真っ赤になる。拳を、その顔に叩きこんだ。良文の首に、幸太の腕が巻きついてきた。転がる。なにかが腰にぶつかった。

立っていた。息が切れた。それでも止まらなかった。幸太が、両手で滅茶苦茶に殴りつけてきた。同じように、良文も殴り返した。鼻血が飛んだ。また組み合う。転げ回る。どうやって立ったのか、よくわからなかった。睨み合っていた。

不意に、幸太の姿がぼやけて見えた。涙。止めようと思っても、止まらなかった。気づくと、幸太も泣きじゃくっている。

踏み出した。自分の躰ではないような気がした。ひどく遅かったのだ。幸太の動きも、遅かった。組み合った。幸太が叫び、良文も叫んだ。押す。退がった幸太が、仰むけに倒れた。馬乗り。涙と血で汚れた幸太の顔に、拳を叩きこんだ。躰が横になった。こらえようとしたが、そのまま倒れ、逆に幸太が上になった。

拳が振り降ろされてくる。眼に当たった。一瞬、視界が赤くなった。暴れた。力のかぎり暴れた。躰が回転し、良文が上になっていた。殴ろうにも、腕があがらなかった。顔に爪を立てる。幸太は、良文の腕に嚙みついた。

二人とも、肩で息をしていた。離れて睨み合っても、動くことができない。幸太が来たら、と良文は思っていた。幸太も同じだろう。同時に、踏み出した。ぶつかり合った躰が、横に倒れた。

幸太が、声をあげて泣きはじめる。良文も、涙を流していた。

「なんでだよ。なんで、俺たちがぶん殴り合いをするんだよ」

「知るか。はじめちまったんだ」

「情ねえよ。なんだかわかんねえが、情ねえよ。なんだよ、これは」

「おまえが、馬鹿だからだ」

「良、おまえが、ケチだからだ」

「馬鹿野郎」

「ちくしょう。情ねえよ。情なくて、俺は泣いてんだよ」

「俺もだ、馬鹿野郎」

ひとしきり泣くと、もう涙は出てこなくなった。仰むけに倒れたまま、空を見ていた。情ねえ。幸太の呟きだ。良文も、はじめて幸太と同じ気持になった。

「ほんとに、情ないよな、幸太」

仰むけのまま、しばらくじっとしていた。荒れた息が、少しずつ収ってくる。すぐに起きあがる気力はなかった。

起きあがったのは、里子に声をかけられた時だった。服は泥だらけで、顔は血で汚れていた。膝や肘《ひじ》を何カ所も擦りむいている。

「来たの、佐丸一家のやつら?」

良文と幸太が殴り合ったとは、里子は思わなかったようだ。

「いや、通りかかった不良だ」

幸太が言った。良文も頷き、服の泥をはたいた。井戸のあるところまで、三人で歩いていく。その間、里子はなにも訊かなかった。和也がいないことは、見ればわかる。

顔を洗った。口の中が切れ、眼のあたりがちょっと腫れているぐらいだった。擦り傷は大したことがない。薬などなかった。血の滲んだところに、里子が唇を当てる。おかしな気分だったが、じっとしていた。肘の傷は、自分で舐めた。幸太も、膝を舐められる時は、眼を閉じていた。

「お握り持ってきたんだけど、服も持ってくればよかったな」

「今日一日は、こいつでいい」

「あっちは、大丈夫よ、良。明がきちんとやってるから、健一も征志も働いてる」

「ずっと銀しゃりを炊いてんのか?」

「なにかあった時は、銀しゃりって決めてるの。いいことだけじゃなく、悪いことでもね。和也が戻ってくるまで、銀しゃりよ」

「わかった」

「銀しゃり食べたくて、和也は戻ってくるかもしれないでしょう」

「そうだよな。あいつ、躰の割りにゃ、俺たちと同じに食いやがるからな。育ち盛りってやつよ。だから、きちんと食わせてやらなくちゃならねえ」

「あんたたちだって、育ち盛りよ」

孔雀城へ戻り、里子が持ってきた握り飯を食べた。里子は黙って見ている。いつも、食べる量はひどく少ない。よく考えると、昼めしを食っているところを、見たことはないような気がする。

「里子、おまえの分は？」

「あたし、もう済ませてきた」

「鈍いな、良は。気がついてねえのか、おまえ。里子はずっと昼めしは抜きさ。誰かが残せば、それを食うけどな。朝と夜だって、食ってる量は一番少ねえ」

「ほんとか？」

口に握り飯を入れたまま、良文は里子の方を見た。

「食欲がないの」

「嘘つけ」

「この間の鯨の肉なんてな、良。フライパンの脂をめしに吸いこませて食っただけさ、こいつは。みんなが平等に食わなくちゃいけねえんだって、俺は言ってんだけどよ」

「なんでだ？」

「お腹《なか》が減らないのよ。みんな働いて、稼いでるのにさ。あたしはじっとしてるし。それに、朝と夜だけだって、ほかじゃ口にできないような、御馳走《ごちそう》なんだよ」

「わかった」

それ以上は訊かなかった。みんな、情ないし、かなしい。だから、仲間同士で殴り合いなどしている時ではないのだ。

「上野公園あたりに群れてる浮浪児の子たちが、なに食べてるか知ってて？」

「俺たちゃ、そこから逃れるために、危《やば》い橋を何度も渡った。躰を張ったんだ。頭も使った。誰にも、文句は言わせねえさ」

それを、やくざがぶちこわそうとする。させていいのか、と良文は思った。和也さえいれば、逃げようはいくらでもある。

「おまえ、もう帰れよ。ここにいるのは、俺たちだけでいい。和也のこと、なんとなくわかりそうなんだ。だから、俺と幸太はこれから出かける。夜中か、明日の朝までにゃ、新しい城へ和也も連れていく」

「やっぱり、佐丸一家？」

「いや、やつは関口を見つけたのかもしれない。尾行《つけ》回していて、戻ってこれなかったのさ」

「そう。あたしは、いない方がいいわね」

「正直言うと、そうだ」

「あっちで待ってる。明たちも、なにも言わないけど、ひどく心配してるよ」

頷いた。良文と幸太は、残した握り飯を里子に押しつけた。

里子が帰っていく。完全にその姿が見えなくなると、良文は西公園付近の地図を、棒を使って地面に描いた。

「とにかく、考えられることはなんでも考えておこう。あのあたりの逃げ道も、全部頭に入れておくんだ」

「事務所や倉庫じゃなく、なんで西公園なんだと思う、良?」

「そこさ。おまえの頭も、よく回るようになったもんだよ。俺は、親分に内緒のことなんだと思うな。あそこの親分は、ガキなんかに構うなという男だよ。だから、小野のほかに、二、三人しか知らないことだと思う、これは」

「小野が踏ん張って、佐丸一家の市場は潰れなくて済んだんだ、と言われてるぜ」

「どうせ、汚ないやり方さ。そうやって物を集めたんじゃないかな」

「わかった。相手は二、三人。多くても四、五人と思ってりゃいいな。やり合おうってんじゃねえぞ。逃げる場合も、そんなこと頭に入れとかなくちゃな」

「それに、親分にゃ知られたくないことだ。そう思う。それなら、こっちだって弱味をひとつ摑んでるってことだ」

幸太が頷いた。

「その場の交渉は、俺がやる。いいな、幸太？」

「ああ。それで、金は？」

「交渉次第さ。いくら出すか、その場で決める」

もう一度、幸太が頷いた。

夕方までには、まだ間がある。陽射しを避けるように、良文と幸太は孔雀城の中に入った。なにもない。はじめて孔雀城に入った時と同じだった。

「新しい城、名前はなんにする？」

「なんとなく、城なんて感じじゃなくなってきたよ、幸太」

「俺も、そうなんだ」

遊びで、ねぐらに城の名をつけたわけでもなかった。城なのだという、気負いに似た気分はあったような気がする。それが消えてきたということなのだろうか。

「おまえ、結構腕っぷしもあるな。悪知恵だけかと思ったけどよ」

「いきなり、おまえが憎らしくなったんだ、幸太。いや、自分が憎らしくなったのかな」

「難しい言い方はやめてくれ」

「俺は、和也が佐丸の市場に入るように、しむけたような気がする。俺の様子を見て、和也は自分が行かなきゃならない、と思いこんだのかもしれないんだ。勿論、口じゃ厳しく止めたさ。でも、和也が行けばなあ、と気持の底の方にあったことも確かだ」

「自分のせいだと思ってんじゃあるめえな？」

「半分ぐらいは、そうかもしれない」

「じゃ、俺もそうさ。和也が泣いて俺のとこへ来た時、まだ男になってねえやつに責任はねえ、なんて言っちまった。和也が、男になりたがってることを、よくわかってたのによ。あいつは、俺たちに男だって思われたくて、ひとりで行ったんだ」

それ以上、二人とも喋らなかった。孔雀城の天井の端から、明るい光が射しこんでいる。眼を細めて、良文はそれを見ていた。

3

幸太が声をあげた。

良文は、バラックの中に駈けこんだ。男がひとり、壁に寄りかかって、ぼんやりしていた。顔じゅう、髭《ひげ》だ。

「誰だ、てめえっ？」

叫ぶ幸太の腕を、良文は引いた。

「親父だ、俺の」

幸太の躰が、瞬間、固くなった。

大鷲城は、もともと良文の家があったところだ。復員した父が帰ってきたとしても、なんの不思議もない。ただ、復員してくるとは思っていなかった。生きているとも、思っていなかった。

幸太が、外へ出て行った。

「お帰りなさい」

良文は正座し、固い声で言った。

「良文か。母さんは、死んだんだな」

「はい」

「おまえの手紙が、一通戦地に届いただけだった」

抜け殻のようだ、と良文は思った。声に張りがない。眼に強い光もない。

「おまえは、生きていたんだな。吉崎へ行ったら、おまえは勝手に飛び出したと言われてな。母さんが死んだのがほんとうだと、そこで聞かされた」

「吉崎が、親戚だとは思ってません」

「そうか」

「復員、遅れたんですね。俺、父さんが」

「悪かった。遅れたくて、遅れたんじゃない。私も、しばらくすると立ち直れるだろう。母さんが生きている。それを信じてたからな」

「わかりました」

「おまえ、学校は？」

「行ってません。生きなきゃならなかったから。これからさき、ずっとひとりで生きなきゃならないんだ、と思ってました。仕事をしてます。その仕事に、ひと区切りついたら、家に戻ります」

「わかった。会社が私を必要としているようなので、明日から出社する。おまえはもう、自分で生きることを考えなくていい」

　父は、それ以上、なにも言わなかった。やはり、眼に強い光はない。大人という存在が、いままでとは違うかたちで不意に自分を包みこんできたような感じに、良文は襲われた。それは圧倒的なものだった。父が沈みこんでいるのは母が死んだことを知ったせいで、それだけ沈みこんでも、世の中には自分が立つ場所というのはちゃんとあるのだ。

「俺、やりかけた仕事があります。それをやらなきゃならないんです、これから」

　父は、かすかに頷いたように見えた。抗《あらが》うような気持があったが、それは父に対するものではなかった。

「二日かかるか、三日かかるかわかりません。責任を果すまで、戻れません」

「わかったよ。その間に、私もなんとか立ち直っておこう。苦労をかけて、済まなかったな」

はじめて、涙がこみあげそうになった。それをこらえた。いまは、泣いている時ではない。一度頭を下げて、外へ出た。

黙って、庭の隅の石を起こす。金を収いこんだ箱。

「良、どうすんだ？」

「なにが？」

「親父さん、復員したんじゃねえか」

「仲間だろう、和也は。こんな時、抜けろと言うのか、おまえ。全部が終るまで、俺は抜けない。抜ける気はない」

「だけど」

金の箱を抱えて、良文は歩きはじめた。幸太は黙って付いてくる。

孔雀城へは戻らなかった。人の眼を避けて焼跡に入り、中の金を二つに分けた。細かい金をかき集める。残りは百円札だ。

「細かいので、三万八千四百五十二円。確かそれだけのはずだ。残りの五万は、幸太、おまえが腹に巻きつけてろ。絶対にわからないようにな」

「どうするんだよ」

「ここの金がいくらか、俺しか知らない。おまえだって、大体のところを知ってるだけだろう。小野は、俺たちが何万か持ってることを、和也を威して訊き出したかもしれない。四万近くあれば、納得すると思う。やつらだって、眼を剝くような大金さ。それに、細かけりゃ、せっせとためこんでたって感じにもなる」

「納得しなかったら？」

「おまえの五万を出すさ。だけど、金は要るんだ。和也が戻ってきても、金は要る。これから生きるためにな。できるなら、五万は出さない方がいい」

「わかったよ。だけどおまえ」

「親父のことは、これ以上言うな。みんなにもだ。言ったら、口が利けなくなるまで、ぶん殴ってやるからな」

「俺を殴るだと？」

「ああ、殴るさ。とにかく言うなよ、幸太」

金を包んでいた大きな布に、五万だけくるんで幸太に渡した。幸太はそれをしっかりと包み直し、その上に細い紐を何度も巻きつけた。細かい金の方は、箱の中の袋に移せばいい。袋の中身は、コルトだ。

「おまえ、それ」

「大谷の兄貴が持ってたやつさ。弾も入ってる。使う気はないよ」

幸太が頷いた。

西公園にむかった。まだ夕方で、人は多かった。幸太は、腹に巻きつけた金を盛んに気にしている。良文は、ポケットのコルトが気になった。大人用のズボンだから、もともとダブダブで、コルトを入れてもそれほど脹らまなかった。ただ、重たい。良文がぶらさげている袋に、四万近い金が入っているとは、誰も想像さえしないだろう。

西公園の周辺を歩き回り、戻ってきた。

まだ、子供が遊んでいる。和也の歳ごろの少年たちだ。陽が落ちれば、それぞれ家へ帰るはずだった。佐丸一家の敷地だから、浮浪者は入ってこない。

「ここで、待つのかよ？」

「ああ。俺たちが肚をくくってるってのが、見ればわかるようにしてやるんだ」

「じゃ、ド真中に座ってようじゃねえか。俺も、度胸を決めた。和也を返すまで、ここを動かねえ気でいてやる」

待った。小野は、良文たちがここへ来ていることを、もう知っているかもしれない。佐丸の若い衆が、良文たちの姿を見たことは充分に考えられる。

すぐには現われなかった。良文も幸太も、口をひき結んでひと言も喋らず、西公園の真中に胡座《あぐら》をかいて待った。

いつの間にか、子供の姿が少なくなった。薄暗くなってくると、四人ばかり残っていた子供もいなくなった。

それを待っていたように、オート三輪が現われた。荷台から、小野と若い衆がひとり降りてきた。運転しているのがひとり。合わせて三人だ。

「良と幸太。舐めた真似してくれたじゃねえか」

「和也は？」

「その前に、詫《わ》び入れな。ただの詫びじゃ済まねえぞ。わかってるな。てめえら、うちの店を使って儲けやがったろう」

「あんたがつけた値段より高くして、売れると思ってるのか、小野さん。品物だって、ひとつの間違いもなかったはずだ。あんたは最初に、ラッキーストライクを二十個、幸太にくれた。それが、俺たちの資金になった」

「なるほどな。あれか」

「和也は？」

若い衆が、米を入れる麻の袋を、荷台から放り出した。米ではない別のものが入っているのは、見ればわかった。

「詫びはどうした？」

「いくら欲しい？」

「おまえらが持ってる金、全部だ」

小野が、にやりと笑った。良文と幸太は、まだ胡座をかいたままだ。

「それで詫びを入れたことになって、和也は返して貰えるのかい？」

「こんなガキ、そんなに大事か？」

「弟だよ。俺たちの弟だ」

「そうかい。とにかく、金を見せな」

「全部だ。洗いざらい、全部だ。俺たちが、血まみれになって稼いだ金だ」

良文は立ちあがり、袋を小野の足もとに叩きつけた。若い衆が拾いあげ、中を覗いて息を呑んだ。兄貴、と囁くような声で言っている。

「なんだっ。百円や二百円の金じゃ」

覗きこんだ小野の言葉が、途中で切れた。眼を剝いている。

「三万八千四百五十二円ある。弟の命を買うと思えば、安いもんだ」

「数えたかったら、数えなよ。とにかく、和也は返して貰うからよ。あんたと刺し違えたっていいって気で、俺は来てんだからよ」

幸太が、はじめて口を開いた。

「どうやって稼いだ、こんな金？」

「自分でも説明できないぐらい、懸命にね。食うものも食わず、少しずつ少しずつ、ためこんだのさ。全部だよ。だから、弟を返してくれよ」

「たまげたな。良と幸太、おまえらうちの若衆にならねえか。悪いようにはしないぜ」

「返せよ、弟を」

「佐丸の若衆にしてやると言ってんだぜ、おい。ほんとなら、てめえら餅つきだ」

「返せよ。返さないなら、合図するぜ」

「合図？」

「俺たちは、二人だけじゃない。それは知ってるだろう。俺が合図すれば、警察へ駈けこむことになってる。もう、警察に頼るしかないからな」

「警察だと。笑わせるなよ。ガキがこんなに金を稼ぎやがって、警察が黙ってると思ってんのか」

「いいんだ。どうなったっていいんだよ。金をとられて、弟も返して貰えないんじゃな。施設で、残飯あてがわれて生きていくよ。その覚悟だって、してきた」

小野を睨みつけた。さきに、小野の方が眼をそらした。

「連れていけ。そんな大事な弟ならな」

言って踵を返し、小野はオート三輪の荷台に乗りこんだ。オート三輪が走り去る。

良文と幸太は、袋に飛びついた。口を縛った紐を嚙み切る。和也。閉じていた眼を、薄く開いた。

「しっかりしろ、おい」

「いなかった。関口はいなかったよ、良さん」

「いいんだ、もう」

「いなかったよ。一軒ずつ、ぼく見たから」

「帰ろうぜ、みんな待ってる」

和也は、ぐったりしたまま動かなかった。

「言わなかったよ、ぼく。小野にはなにも言わなかった。男は、仲間を売っちゃいけないんだ。男はさ」

「怪我してるぞ、良」

「運ぼう、とにかく」

背負った。やはりぐったりして、首に回させた腕にも力がなかった。自然に、良文は走っていた。言わなかった。背中で、和也が呟き続ける。男は、言っちゃいけないんだ。なにを訊かれても黙っていたから、乱暴されたのか。こんな子供に、乱暴をしたのか。怒りと心配が、入り混じって良文の足を速くしていた。

どれほど走ったのか。息が切れた。代るぞ、と幸太が言った。

幸太に背負われた和也が、かすかに眼を開いた。

「良さんと幸太さんのこと、何度も訊かれたけど」

「わかった。わかったからな、和也。おまえは、男らしくよくやったよ」

幸太も走りはじめた。

新しい城。見えてきた。走りながら、良文は『老犬トレー』を途切れ途切れに吹いた。和也が、かすかに笑ったようだった。和也も口をすぼめ、『老犬トレー』を吹こうとしているようだ。

四人が飛び出してきた。

「毛布を敷け。怪我してる」

幸太が叫んだ。

毛布に横たえ、ロウソクを二本つけた。里子が、タオルを濡らす。ひとりひとりの顔を、和也は見つめていった。

「ひどいよ、これ。とてもひどいわ。血は出てないけど、ひどいよ」

里子の声が上ずっていた。濡れたタオルで、和也の首筋から胸を拭いていく。

「医者だ。医者を捜してこい。金ならいくらでもあるってな」

「待って」

言ったのは、和也だった。

「ぼくは大丈夫だから。こんなの、ひと晩寝れば、治っちゃうから」

「だけどな、和也」

「みんなのとこへ、帰ってきたんだ。みんながいてくれるだけでいい」

里子が、和也にタオルにしませた水を吸わせた。二、三度吸っただけで、和也はやめた。ロウソクの光の中でも、いつもの和也よりずっと顔色が悪いことはよくわかった。白い顔だ。はっとするほど、白い顔だ。

「倉庫の、横の柱を歩けって言われた。歩いたら、今度は走れって言われた」

横の柱とは、梁《はり》のことなのだろうか。倉庫の屋根は高く、梁も五、六メートルの高さにある。下はコンクリートだ。

「走ったよ、ぼく。喋るより、走った方がいいと思った」

和也の表情が、一瞬苦しそうなものになった。全身に痙攣《けいれん》が走っている。和也の顔を、里子が両手で挟みこんだ。

「平気だよ。あんなとこから落ちたって、平気だ」

「落ちたのか、和也」

「何度も走らせるんだ。何度も、何度も」

「もういい。喋るな」

「落ちても、また登れって言われた」

「喋るなよ、和也」

「眠いよ、ぼく」

和也が、眼を閉じた。あの梁から、何度落ちたのか。それでも、男は仲間を売ってはならないと、耐え続けていたのか。

「ちくしょう」

自然に声が出た。幸太は、涙で顔を濡らしていた。

「眠ったかもしれない」

里子が、押し殺した声で言った。しばらく、和也の様子を見守っていた。息がひどく速い。そんな気がした。時々、躰が動く。動かしているのではなく、痙攣しているという感じだ。

「どうする。どうすりゃいい」

里子に訊いていた。

「わからない。でも医者だよ。医者に診て貰わなくっちゃ。きっと、見かけよりずっとひどい怪我なんだ」

「俺が」

幸太が言った。

「あのさ」

眼を閉じたまま、和也の口が動く。眠っていなかったのか。

「ぼく、嬉しかった。あの時」

「わかったよ、眠れよ」

「良さんも、幸太さんも、ぼくを弟だと言ってくれた」

「弟じゃねえか。おまえ、俺たちみんなの、弟じゃねえかよ」

幸太が叫んだ。和也が眼を開く。その眼が、ゆっくりと動いてみんなを見回した。また閉じられていく。

「嬉しかったんだ、ほんとに。ひとりぼっちじゃないって。兄弟がいるって、そう思うと嬉しかった」

和也の躰に、大きな痙攣が走った。それから、ズボンの腹のあたりに濡れたしみが拡がった。それが血だと、触れてみてはじめてわかった。なにかが、和也に襲いかかろうとしている。それと、良文は闘うこともできなかった。

「和也、和也」

里子が呼んだ。かすかに、和也は眼を開いたように見えた。それから、全身の力がなくなった。少しずつ、和也が自分から遠ざかっていくのが、良文にははっきりわかった。

里子が、声をあげて泣きはじめる。いくらゆすぶっても、もう和也はなんの反応もしなかった。みんな泣いていた。

良文は、外へ出た。

涙は、止まらなかった。それを拭おうとも思わない。じっと立っていた。暴れ出しそうな自分を、抑えることもしなかった。心の中は荒れ狂っているのに、躰は動かない。

「こんなことって、あるのかよ。あっていいのかよ、良。かわいそうじゃねえか。いくらなんでも、和也がかわいそうじゃねえか」

幸太が泣きじゃくっている。

良文は、地面に尻を落とし、空を見あげた。涙でぼやけて、星はよく見えなかった。

4

深い穴を掘った。

どこからかかっぱらってきたスコップがあった。ひとりずつ、順番に、気が済むまで掘っていったら、背丈よりずっと深い穴ができあがっていた。

和也の躰を、きれいに拭いてやった。

泣いているのは、里子だけだ。いつまでも、丁寧に和也の躰を拭いている。それを幸太が引き剝がした。

洗濯したての服を着せた。和也の顔をしているが、もう和也ではなかった。幸太が、抱きあげる。和也の躰は、寝た時の姿のまま突っ張って、いっそう人形のように見えた。

良文は、穴の底に降りて毛布を敷いた。幸太と明が降ろしてきた和也の躰を受け取る。毛布の上に寝かせ、きれいにくるんだ。

幸太に手を引かれて、穴から出た。どこかで摘んできたらしい花を、里子が穴の中に投げ入れた。線香などはなかった。みんなで手を合わせただけだ。

「あばよ」

幸太が言い、土をかけた。次に良文がかけ、明、征志、健一と続いた。里子は、スコップを握ったまま、また泣きはじめた。幸太が手を添えてやった。それから、みんなで穴を埋めていく。

呆気《あっけ》ないものだった。

焼跡に出かけて行き、三人がかりで持ちあげて、建物の土台になった石をリヤカーに積んだ。三つの石だ。それを、和也を埋めたところに置いた。

「墓は、これだけだ。これ以上のことは、俺たちにゃしてやれねえ」

「なんで、和也が死ななくちゃならないのよ」

里子が、また泣きはじめた。

夕方、握り飯をひとつ、和也の墓に供えた。

陽が落ちてくるまで、良文はずっと和也の墓のそばにいた。幸太は、三人を指図して、バラックの補強をはじめている。これから、しばらくはここで暮さなければならないのだ。

陽が落ちはじめると、良文は黙ってその場を立ち去った。

本郷の、父がいるバラックに戻りはしなかった。そのまま、街の方へ歩いていく。倉庫。前のままだ。もの蔭に身をひそめた。佐丸一家の若い衆の出入りは激しい。ちょうど、市場が閉りはじめる時間だ。

心の中で、数を数えた。百まで数えると、また一からはじめ、何度もくり返した。三人の若い衆と一緒に、小野が出てきた。なにか言っては、笑い声をあげている。かなりの距離を置いて、良文は尾行《つけ》ていった。小野の家が、どこにあるのか知らない。家に帰るのかも知らない。

怕くはなかった。躰の中に、別のけものが一頭いる。そいつが、獲物に狙いをつけ、低く唸っているだけだ。

人の多い通りになった。上野駅の近くだ。ここには、大きな市場がある。しかし小野は市場の方へは行かず、呑み屋が並んだ通りに入っていった。みんなバラックだが、電気をつけた看板を出しているところもあるので、ひどく華やかな通りに見えた。

小野は、一軒の古びた扉を押した。中にいる、赤い服を着た女の姿がチラリと見えた。

また数を数えた。一から千まで。その方が、同じことを何度もくり返さなくて済む。歩いているのは、ほとんど酔っ払いで、路地から飛び出してきた女が、腕に絡みついたりしている。

店の扉から、良文は眼をそらさなかった。千まで四回数え、五回目に入った時、扉が開いた。出てきたのは、若い衆だけだった。小野は残ったようだ。

じっと待った。数を数えることも、忘れた。長い時間だとは思わなかった。心のどこかがふるえている。叫び声をあげそうになっている。それを、必死で抑えていた。

ドアが開き、若い女の声がした。

腕を組んだようにして、小野が出てくる。笑っていた。飛び出しそうになった。それをこらえた。小野と女は、腕を組んだまましばらく歩いた。もの蔭から出て、良文は尾行《つけ》はじめた。何時間でも、何日でも、こうやって尾行《つけ》ていれば、小野もいつかはひとりになるはずだ。

途中で、二人は立ち止まった。言葉を交わし、女だけが引き返してくる。一瞬、身を隠そうとしたが、遅かった。女は自分の顔など知りはしない。そう思って歩き続けた。女と擦れ違った。ほとんど、良文の方は見なかったようだ。赤い口紅をつけた、きれいな女だった。擦れ違った瞬間に、白粉《おしろい》の匂いが良文のところまで流れてくる。

里子に白粉を買ってやりたかった。ふと、そう思った。ここで死ぬかもしれない、と自分が考えていることに、良文ははじめて気づいた。やはり、怕くはない。死ぬことなど、どこにでもあることで、自分のそれに出会ったとしても、なんの不思議があるのだ。

小野は歩き続けていた。良文は、少し距離をとった。人が少ない通りになってきて、気づかれるかもしれないと思ったのだ。

小野は、崩れかかったビルがひとつだけポツンとある方角へ、どんどんと歩いていった。

なにかが、良文の中で切れた。そんな気がした。けものが、唸りではなく、咆え声をあげている。気づいた時、良文は走りはじめていた。

小野がふりむく。

三メートルほどの距離で、良文は足を止めた。押し殺すように息をした。眼は、小野の顔からそらさなかった。

「なんだ、おまえ、良じゃねえか」

小野が、一歩踏み出してきた。良文は一歩退がった。三メートルあれば、充分だった。

「うちの若衆にでも、なりたくなったか？」

「くたばれよ。和也は死んだぞ」

「そうか、死んだか。まあ、仕方ねえな。おまえと幸太が、殺したようなもんさ。おまえらが大人しく佐丸のために働きゃ、こんなことにならなかったんだからよ」

「殺すよ、あんたを」

「ほう、怕いこと言うじゃねえか。言うだけなら、どんな腰抜けにだって言えるけどな」

「殺すよ、ほんとに」

「どうやって？　俺に勝てると思ってるのか」

良文は、ポケットからコルトを抜き出して構えた。

「おっかねえもんを持ってるな。使い方はわかってんのか？」

「あんたが、教えてくれた。安全装置も、ちゃんとはずしてある」

「弾は入ってんのか、良？」

「動くなよ」

「撃たねえじゃねえか。怕いんだろう、やっぱり」

「動くな」

踏み出してこようとする小野の足が、止まった。良文は、両手で持ったコルトの銃口を小野にむけたまま、二歩退がった。その距離でも、当たるはずだ。

「俺が、なぜすぐに撃たないと思う。あんたに、怕い思いをして貰いたいからさ。梁を走らされた和也の、百分の一でも怕い思いをさせてから、殺したいからさ」

小野の表情が、ちょっと歪んだ。ゆっくりと片手を出す。

「なあ、良。金は返すからよ。若い者《もん》にも、おまえらにゃ手出しはさせねえ。その気があるなら、佐丸の幹部にしたっていいんだぜ。だからよ、こんなとこで人を殺そうなんて気は起こすんじゃねえ」

「怕いのか。怕いはずだよな。ふるえろよ、泣けよ。それでも、あんたは死ぬんだ」

「てめえ、極道を舐めやがって」

両手を拡げて、小野が摑みかかってこようとした。良文は、引金を引いた。反動で、コルトは頭のところまで舞いあがった。耳に、衝撃が残っている。

小野は、三メートルほどふっ飛んで、腹を押さえていた。立ちあがることはできないようだ。

「怕いだろう。これから死ぬんだ、あんたは」

「待ちなよ。待ってくれ、頼む」

「怕いって言ってみろ」

「怕い。死にたくねえ。頼むからよ、ここでやめてくれ」

良文は、コルトを構えたまま、小野のそばまで行った。

「やめろ、やめてくれ」

もう一度、引金を引いた。小野の腿の肉が飛び散った。もう、言葉は出さない。泣きながら、呻いているだけだ。

小野の顔に、銃口を突きつけた。引金を引いた。顔が飛び散ったような気がした。わけのわからないものが襲ってきた。小野の躰にむけて、続けざまに引金を引いた。何度引いたか、よくわからなかった。気づくと、引金に手応えはなくなっていた。

血にまみれた小野の躰が、足もとに転がっていた。顔は滅茶苦茶で、誰だかわからない。恐怖が、良文を包みこんだ。わっと叫び声をあげ、良文は走りはじめた。暗い方へ、暗い方へと、懸命に走っていく。誰とも擦れ違わなかった。自分がどちらへ走っているかも、考えていない。ただ走った。

自分を呼ぶ声を、良文は聞いた。追われている。そう思った。走り続けた。息が切れるのなど、構ってはいられない。死ぬまで、走るしかなかった。

足音が迫ってきた。

「俺だ、俺だよ」

良文は走り続けた。腰に、誰かが抱きついてきた。そのまま、二歩か三歩進み、良文は倒れた。のしかかられる。

「俺だ、良。わかんねえのか」

幸太だった。視界が白くなった。幸太の手が、良文の肩をゆさぶる。声をあげて泣いていることに、良文は気づいた。涙は、なかなか止まらなかった。

「俺は」

「わかってる。見てたよ。小野の野郎を撃ち殺した」

コルトを握ったままだった。捨てようとしたが、指が動かなかった。良文は叫び声をあげ、右手を激しく振った。

「離れない。コルトが離れない」

「待ってろ」

幸太が、良文の指を、一本一本こじ開けた。ようやく、手が軽くなった。

「立てるか、良？」

「ああ、大丈夫だと思う」

「相当走ったからな。大丈夫だろうとは思うんだが、とにかく、このコルトを見つからねえとこに捨てた方がいい」

歩きはじめた。どこを歩いているのか、幸太にはわかっているようだった。良文は、黙って付いていった。コルトは、幸太がシャツの下に隠している。

川があった。

隅田川だ、と良文ははじめて気づいた。水際まで歩き、幸太は何度か腕を振ると、闇の中にコルトを投げた。遠くで水音がした。

腕を引かれた。

しばらく歩いた。いつの間にか、孔雀城のところまで戻ってきていた。孔雀城には入らず、いつも腰を降ろしていた石のところへ連れていかれた。

幸太が煙草に火をつける。回されてきた煙草を、良文は喫い続けた。幸太も、新しい煙草に火をつけている。

「小野は、殺さなきゃならねえと思った。おまえがそう考えてるのも、わかった。俺は、ずっとおまえを尾行《つけ》るみてえにして後ろにいたんだ」

「気がつかなかったよ」

「おまえがやられたら、飛び出そうと思ってた。岡本さんから預かった短剣持ってな。いや違うな。こんなこと言っちゃいけねえ。おまえがやってくれりゃいいと、ただそれだけ思ってたんだ、俺は」

「やったよ」

「怕かったのさ。おまえがやられたら、俺は多分逃げたと思う。てめえが腰抜けだってのが、よくわかった」

「なぜ、そんなこと言うんだ、幸太？」

「だってよ、おまえとは、もう別れなきゃならねえ。親父が帰ってきたんだからよ。最後の最後に、嘘はつきたくねえ」

「俺は、仲間と離れる気はない。離れちゃいけないんだ」

幸太とは、違う世界に入ってしまった。父がいる、というのはそういうことなのだろうか。望んで入ったわけでもなんでもない。

「おまえ、俺がやられたら、代りに小野を殺してくれたさ。いや、俺がやられるのを、黙って見てはいなかったはずだ。そういう男だよ、おまえは」

煙を吐いた。煙草がうまいような気がした。風で、躰が冷えている。ひどい汗をかいていたようだ。冷たさが快かった。いつまでも仲間だ。そう考え続けた。

「俺は」

「おまえは逃げなかったさ、幸太。絶対逃げなかった」

「そう思うか?」

「思う」

指が焼けて持てなくなるまで、良文は煙草を喫い続けた。それから闇の中に投げる。赤い線が、しばらく眼に残っていた。

「これで、和也が浮かばれるとは思えねえが、やってやれることは、全部やった」

「そうだよな」

「孔雀城で、乾パン食ってたのが、何年も昔みてえな気がする」

「あの乾パンの隠し場所に、でかい箱が入ってる。ラッキーストライクだ。二百五十ぐらいあると思う」

「売らねえで、とっておいたやつだな」

「いざって時のためさ、あれは」

「おまえらしいよな、良」

「おまえみたいな、とにかく突っ走ればいいと思ってるやつが相棒で、俺もいろいろ考えなくちゃならなかったさ。施設を脱走してから、俺は狡くなったぜ」

「頭がよくなったのさ」

「そう思うことにするよ」

「俺たち、いい相棒だったと思う」

幸太が、煙草を闇に投げた。赤い線が、また良文の眼に残った。

「このまま、消えちまってくれるか、良。みんなには、俺がうまく言っておく。別れをしたいって気持はわかるが」

「別れは、したくない。いや、別れたくない」

「駄目さ。駄目なんだ。わかるだろう、良。そういうもんさ。俺が認めねえよ。おまえは、もう仲間じゃねえ。小野のことは、忘れろよ。忘れちまえ。とにかく、おまえがいると、みんな苦しいよ。てめえの親のことを、思い出すよ」

幸太が立ちあがり、腹に巻いた布を解いた。百円の札束が五つ。そのひとつを、幸太が差し出してくる。

「なんだ、これは？」

「分け前さ。おまえにゃ、権利がある」

「よしてくれ」

「渡さなきゃ、俺の気が済まねえよ」

幸太は、無理に金を押しつけてきた。札束を、良文は掌の中でしばらく弄んでいた。

一万という金は、いまの父にとっては大金だろう。これだけあれば、立ち直るのも早いかもしれない。

「香典っていうの、あるよな、幸太？」

「香典がどうしたって？」

「これ、香典だよ。和也が、おまえらにくれたと思ってくれ」

受け取るべきではなかった。この金を、受け取ってはならない。世界が違うところに入ったからだ。飢えようと、いまいる世界で、生きていくしかない。

「頼むよ、幸太」

「わかった」

「和也のことは、忘れない」

おまえのこともだ、という言葉を良文は呑みこんだ。

「行くぜ、俺。みんなが心配してる」

「ああ」

「元気でな」

幸太が立ちあがった。二、三歩進み、それからふりかえる。泣きそうなのを、我慢していることはわかった。

「兄弟」

幸太が言う。涙を、良文もこらえていた。風が吹いていた。

「あばよ、兄弟」

言って、幸太は闇の中に走り去った。

それから長い時間、良文はそこに腰を降ろしていた。なにも、考えてはいなかった。なにかが終った。自分の中で、なにかがひとつ終った。それだけのことだ。

空が明るくなりはじめた時、良文は腰をあげた。幸太は泣いただろうか。泣いたはずだ。もともと涙もろい。

良文は歩きはじめた。

濡れている頰に、しばらくして気づいた。

解説——地獄を引き受ける男

佐々木譲

あの、高樹《たかぎ》警部の、少年時代。

「老犬トレー」が、なぜ高樹警部のテーマ曲となったのか、その秘密が明かされる一篇。

『傷痕』

北方謙三の愛読者なら、これは絶対に抜かすことのできぬ作品である。

北方謙三の全作品を読破しているわけではないので（だって、精力的だものな）、大きな声では言えないのだが、というよりは、むしろ、何をいまさら、と言われてしまうような気がしておそろしいのだが、北方ワールドを読みとくキーワードは、「人格的完成」であると思う。

北方ワールドの登場人物たちが、どのシリーズのどの作品においても自分の主題と決めているのは、ただひとつ、自分を人格的に完成させること。完成された人格へ、自分をかぎりなく近づけてゆくこと。そのことである。べつの言い方をするなら、北方ワールドとは、人格的完成をめざす男たちによる、その完成度の競い合いの物語だ。

男同士の争いが、一見肉体の鍛練度のちがいの勝負として、あるいは想《おも》いの熱さの争いとして表れるように見えて、そのじつは、人格的完成度の競い合いである。負ける者は（殴られてずたずたになり、路上に放り出される者たちは）、弱いから敗れるのではない。彼らは何より未熟なのであり、卑小なのであり、愚かなのだ。卑俗な言葉を使うなら、だめな男なのだ。それゆえに、彼らはボロ雑巾と成り果てるのである。

逆に北方ワールドでは、対立するはずの立場のふたりが、対面しながら肉体的な争闘をせずに別れるという場面もよくある。ここでは、登場人物たちの「人格的完成度」は、人間を見る目の出来具合ではかられるのだ。互いが相手の度量、器、人間の完成度、それらを一瞬のうちに見抜き、優劣を理解する。その理解力、洞察力もまた人格の欠かせぬ要素であるから、人格的完成の域に近づいた者同士は、拳を繰り出さないままに、勝負の決着をつけてしまうのだ。どちらが勝ち、どちらが敗者となったかを、了解しあってしまうのだ。

ここまで書いて、これじゃあまるで求道小説のことを言っているみたいだと思い始めた。一点、北方ワールドがそれらの求道小説と異なっているのは、主人公がめざす「道」あるいは「理想的人格モデル」が、市民社会一般のそれから、少しだけずれていることにある。あるいは、ずれることを恐れないという点にある。

『七人の侍』の志村喬《たかし》は、木村功や大多数の日本人たちの理想モデルとはなりえても、北方ワールドの登場人物たちの理想とは、完全に重なるわけではない。むしろ（ご本人も意識していると思うのだが）、ジョバンニやメルビルの世界の男たちこそ、北方ワールドにおける理想的人格モデルであろう。

しかし、ピカレスク、と言ってしまうと、また少しずれてくるような気がする。べつに登場人物たちは、悪漢たること、アウトサイダーであることを意識的に選びとっているわけではないからだ。明確な反・市民社会・意識があって、法の外に立つわけでもない。いやそもそも、アウトサイダーではない主人公や重要な登場人物だって少なくはない。

たとえば老いぼれ犬こと高樹警部だって、この『傷痕』で明らかになる少年期はべつにしても、しっかりとこの市民社会のインサイドに、しかも官僚機構の内部に生きる人物である。理想的人格に近づかんとするかしないかは、市民社会の内に生きるか外か、という問題でないのだ。

たとえばここに市民社会が期待する模範的人格があったとして、彼らにはこれに対する激しい侮蔑や嫌悪があるわけでもない（約束は守る、お年寄りには席を譲る、動物をいじめない、といったような規範には、北方ワールドの登場人物だって反対しまい。彼らはまた、空領収書も切らないだろうし、渋滞道路で路肩を走ったりもしまい。その意味では、市民社会のモラルと必ずしも全面的に衝突はせぬ人物たちである)。ただ、彼らの目指す人格の一部の属性は、この社会が期待するものとはちがっているのだ。

男。

(こう書くだけで、北方謙三の文体になってしまうが)

男であること。理想的な男となること。それもかなり古典的な概念としての、男らしさ。

弱い者にはやさしく、卑劣なものにはきびしく、強い者には屈せず、信義のためには肉体や生命を惜しまない。

素朴な言葉で言ってしまえば、彼らの追求目標は(追求する理想的人格のモデルは)、こういうことだ。ここまでは、志村喬とそっくりだが、ちがう点はその次である。理想的な人格をめざすことによって、その結果、その彼なり彼女なりが市民社会の秩序の中に収まるべきかどうか、という選択を迫られたとき、彼らは飛び出ることに躊《ちゅう》躇《ちょ》しない。また暴力の行使をためらわない。暴力の行使の結果から逃れない。地獄を引き受ける。

志村喬ならば、人の世の規範を信じているし、おそらくは仏法も信じているだろう。しかし、北方ワールドに生きる男たちは、おのれの内面に育った原則以外は、信じていない。志村喬はおのれの未熟さを意識しているがゆえに(人格者などと思うこと自体未熟のあかし、と信じるがゆえに）けっして尊大には見えないが、北方ワールドの男たちは、規範が自分の内側にあるがために、ときとして傲慢《ごうまん》に見えることさえある。

ただ彼らも、その原則を守ることが市民社会の規範の枠内にあって不都合はないとき、彼らは市民社会の中（の少しだけ暗く陰った部分）で、つましく生きようとする。おだやかに、静かに、いつも小声で。そのこと自体は、彼らにとって、それほど苦痛なことではないのだ。

さらに。

「男ってものはな……」

「人間ってものはな……」

と、北方ワールドの登場人物が、どの作品でも一度くらいは口にするこの言葉。男とはどんな存在なのか、と登場人物たちは絶えず自らに問いかけ、試行錯誤しながら、答えを探し、見出《みいだ》す。そしてそのあとに続く認識、あるいは洞察の、透明さ。堅さ。純粋さ。

いや、最初からその答えを知った男として登場する人物も少なくない。老いぼれ犬・高樹警部がその典型のひとりだった。

だからこそこの『傷痕』は、読者の興味をひくだろう。少年・高樹良文は、成長途上のどこで、どのように、男とは何かという認識に到達したのか。迷いなく、その認識に自分の生き方を一致させるようになったのか。

『傷痕』に描かれる時代は、終戦から一年後。ソ連邦崩壊後のモスクワもかくや、と思えるほどの、プリミティブな闇市経済の東京が舞台である。

この時代を、北方謙三は直接体験してはいないはずだが、そうとうのリサーチが下敷きになっているにちがいない。闇市とそこにうごめく人々の迫真の描写は、この時代を知っている読者をも驚かせるのではないか。小林信彦氏の感想を聞いてみたいところだ。

高樹良文少年、十三歳。

母親は死に、親族からは見はなされ、父親もまだ復員していない。事実上の戦災孤児。似たような境遇の仲間たち。そして仲間たちが小さく吹く、合言葉がわりの口笛、「老犬トレー」のメロディ。

これはまず少年の成長小説であり、『十五少年漂流記』を思わせる冒険小説であるが、そこに描かれる世界のありようの非情さ残酷さはむしろ『蠅《はえ》の王』の印象に近いかもしれない。

驚くのは、少年・良文が、十三歳ですでにあの境地に達してしまうことだ。

「人間ってやつにはさ、和也、自由ってものが必要なんだ。たとえ死んでも、それだけは失いたくない、と思うことがある」

十三歳の少年の言葉だ。

早熟。

強いられた早熟。かといって、成熟できたことを素直には喜ぶことのできぬ、複雑な想い。十三歳にして世界と向き合い、ひとりで立たねばならなかった少年の、深い悲しみ……。うぬ、この想いを受けとめてしまうと、木枯らしにちょっとコートの襟を立ててみたくなるよな。

それはともかく。

わたしはこの作品が、あえて老いぼれ犬・高樹警部の少年期の物語とは読まれなくてもよいのではないかと思う。

十三歳ですでに自由の意味を肉体で理解してしまった男が、その後成長して、なぜわざわざ官僚機構の末端で働かねばならないのか、わからないからだ。闇市経済の東京で、殺人までも犯して生き抜いてきた少年が、なぜあえて自分の外にある正義に身をすりよせることができるのか、納得できないからだ。

高樹警部が主人公のシリーズのあとの二作『風葬』『望郷』を読んでいないので、軽率な解釈はつつしむべきなのだろうが、この『傷痕』の良文少年が、成人した後に警視庁警察官となるためには、また別の、ひとりの男の死と再生の物語が必要な気がする。

ともあれ、『傷痕』は終戦直後の東京を舞台にした、孤児たちの痛快な冒険小説である、そう読まれるだけで、充分に価値があるのではないか。

（ささき・じょう　作家）

※この解説は、一九九二年九月の文庫初版刊行時に書かれたものです。

本書は一九九二年九月、集英社文庫として
刊行されたものを改訂しました。

単行本　一九八九年七月　集英社刊

※この作品はフィクションであり、実在の
個人・団体・事件などとは、一切関係あり
ません。作品の世界観や、発表された時代
性を重視し、執筆当時のままとしています。

集英社文庫

傷痕《しょうこん》 老犬《ろうけん》シリーズⅠ

2023年3月25日 第1刷　　定価はカバーに表示してあります。
2023年11月6日 第3刷

著　者　北方謙三《きたかたけんぞう》

発行者　樋口尚也

発行所　株式会社 集英社
東京都千代田区一ツ橋2-5-10　〒101-8050
電話　【編集部】03-3230-6095
【読者係】03-3230-6080
【販売部】03-3230-6393（書店専用）

印　刷　中央精版印刷株式会社　株式会社美松堂

製　本　中央精版印刷株式会社

フォーマットデザイン　アリヤマデザインストア　　マークデザイン　居山浩二

ISBN978-4-08-744497-1 C0193